白音格力

喜欢你
是一首诗的
样子

U0755058

吉林摄影出版社

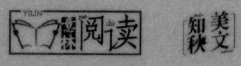

以 美 好 遇 见 美 好 ！

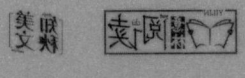

XIHUAN

NI

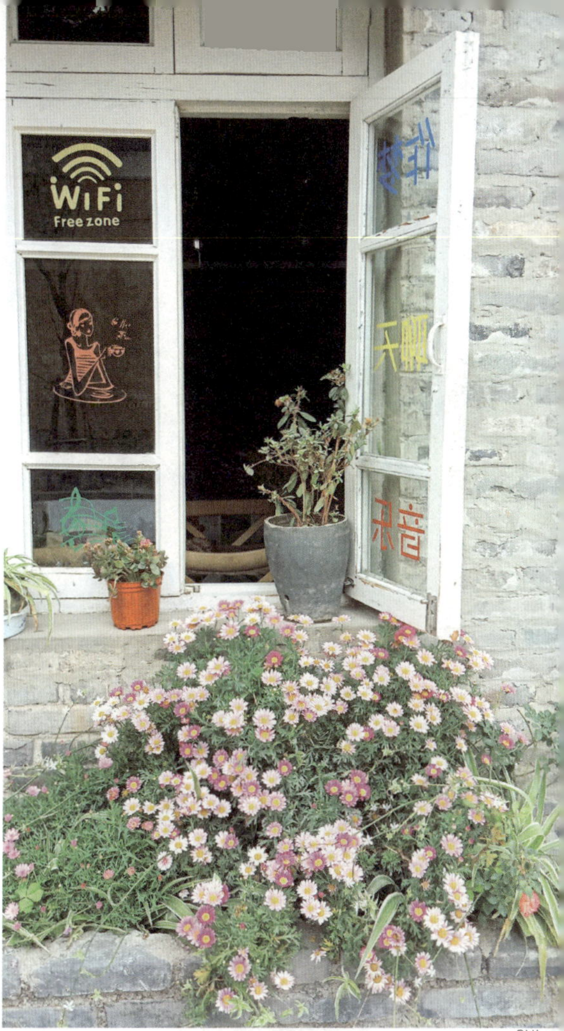


SHI

YI SHOU SHI

DE

YANGZI

那天，风穿着白衬衫，从窗前经过。而我一直在等你，我把花开好了等你；我调好了两杯清甜的音乐，等你。

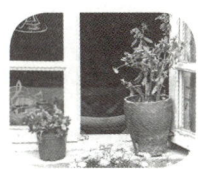

摄影：白音格力

对光阴，或对一个人，最美的心意，不过是，素常日子，平淡烟火，眼前无长物，窗下有清风。

XIHUAN

NI

SHI

YI SHOU SHI

DE

YANGZI

不问知己一
人谁是？风正酣，
日正暖，饮风醉月，
珍重好花天。

山长水阔思量遍，任岁月斑驳，往事很旧，我依然要有一个芬芳明亮的春天，高高举在枝头，照亮你的归途。

云鬓斜拖，花钿低贴，一眼一明净地看向你，

一步一欢喜地靠近你。

XIHUAN

NI

SHI

YI SHOU SHI

DE

YANGZI

XIHUAN

NI

SHI

YI SHOU SHI

DE

YANGZI

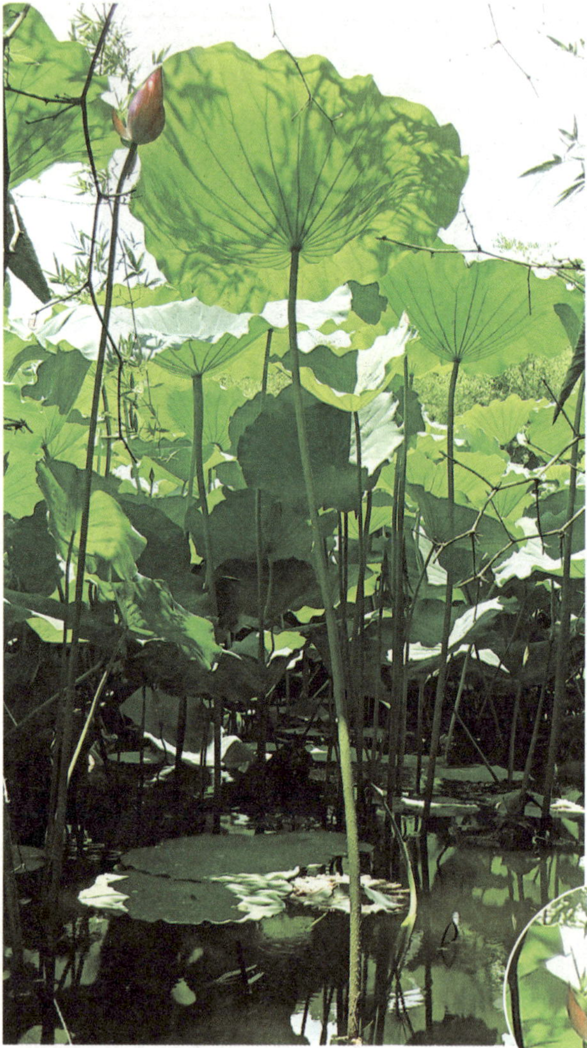

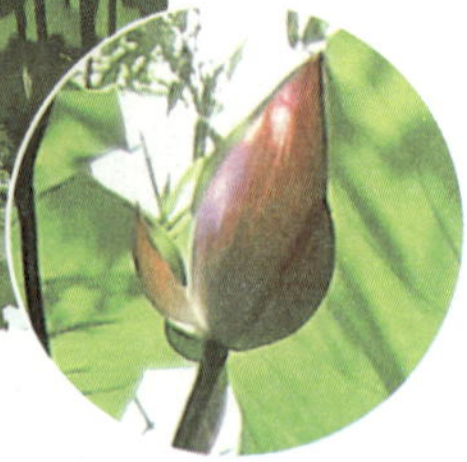

把你的笑语捧成一束，放在小舟上，

趁菡萏初发，与光阴玩一次捉迷藏。

春天开的是花，我开的是心。

知道你的好消息，我比春天都幸福。

XIHUAN

NI

SHI

YI SHOU SHI

DE

YANGZI

你不在意秋风蕙兰，

如何看你执念如火，你在

晚春薄了心，在初夏又红

了念。

XIHUAN

NI

SHI

YI SHOU SHI

DE

YANGZI

# 喜欢你是一首诗的样子

XIHUAN

NI

SHI

YI SHOU SHI

DE

YANGZI

白音格力

吉林摄影出版社

·长春·

**图书在版编目（ＣＩＰ）数据**

喜欢你，是一首诗的样子／白音格力著 . -- 长春：吉林摄影出版社，2018.8
（美文知秋）

ISBN 978-7-5498-3707-6

Ⅰ . ①喜… Ⅱ . ①白… Ⅲ . ①散文集 - 中国 - 当代 Ⅳ . ① I267

中国版本图书馆 CIP 数据核字 (2018) 第 176743 号

## 喜欢你，是一首诗的样子
XIHUAN NI SHI YI SHOU SHI DE YANGZI

| | | |
|---|---|---|
| 著　　　者 | 白音格力 | |
| 出 版 人 | 孙洪军 | |
| 主　　　编 | 顾　平　杜普洲 | |
| 责任编辑 | 施　岚 | |
| 总 策 划 | 徐　晶 | |
| 统筹策划 | 郭妙霞 | |
| 执行编辑 | 郭妙霞 | |
| 设计总监 | 资　源 | |
| 封面设计 | 资　源 | |
| 美术编辑 | 徐　丹 | |
| 开　　　本 | 145mm×210mm 1/32 | |
| 字　　　数 | 200千字 | |
| 印　　　张 | 8.25 | |
| 版　　　次 | 2018年8月第1版 | |
| 印　　　次 | 2018年8月第1次印刷 | |

| | |
|---|---|
| 出　　　版 | 吉林摄影出版社 |
| 发　　　行 | 吉林摄影出版社 |
| 地　　　址 | 长春市泰来街1825号 |
| 邮　　　编: | 130062 |
| 电　　　话 | 总编办　0431-86012616 |
| | 发行科　0431-86012602 |
| 网　　　址 | www.jlsycbs.net |
| 经　　　销 | 全国各地新华书店 |
| 印　　　刷 | 三河市宏图印务有限公司 |

| | | | | |
|---|---|---|---|---|
| 书　　　号 | ISBN 978-7-5498-3707-6 | 定　　价: | 36.00 元 | |

# 目录

C O N T E N T S

第一辑

草木诗心与君语

# 目录

C O N T E N T S

第二辑／

闲情痴缠
与君 些

# 目录

C O N T E N T S

第三辑

# 目录

C O N T E N T S

第四辑

人间有时
与君同

# 自序 | 像一首诗一样地活着 |

你若珍爱着自己手头的光阴，你就会知道，这光阴的力量，无人可敌。所以，这个集子是我的光阴书册，一页山水，一页草木，一页清风，一页明月，拳拳深情，朴素日常，以美好珍重美好。

我是想，在光阴里，即使璞石无光，我要历千年磨砺，也许我终是玉，散发着诗的光。

我是那么想成为一首诗啊。

这话也许听来太过缥缈，不着边际。在很多年前我开始写散文时，是断然不敢这样写的。直待这些年，越来越觉得，活就活自己的样子，活就活自己的喜悦。我想成为一首诗。

你用了半天的时间，看春天第一朵白玉兰睁开眉眼，好似它与你就是为了一次见面的。你喜悦着，白玉兰也喜悦着。你看玉兰是开出了诗，玉兰看你，也一定是一首诗的模样。

我相信。

很欣喜，写作这些年来，有很多同路人，一起赏花，一起读书，一起写作。不见其人，却知每一个人的模样，正如一位读者朋友说过的，她们皆是山水精灵干净的举止，是大美水溪的一身静气，是春风齐整，是眉目清喜，是活成一万匹马，一千朵花。

多么让人欣喜啊。

写作对我来说，不是写作，是内心丰盈的过程。这个过程，若有同路人，是最大的欢喜事。

曾写了一首小诗《难》：人生若能求得 / 退静处、清凉地、心安乡 / 精神自得阔朗 // 但是我们 / 难做小桥流水人家的人 / 难是诗酒琴棋客的客 / 难成僧敲月下门的僧 // 而最难的便是做那 / 野渡无人舟自横的舟 / 独钓寒江雪的雪。

这首诗，应该说凝聚了我小半生的所思所感所求。人之初，若春草初生，一切皆美好而简单；到最后，才会越发懂得一切所求之难。

一首诗的故乡，在静处，在清凉地，在心安乡。尘世的我们，很难踏花走进诗行里，而最难的，便是我们成了那诗的一行。

但你一定要相信，你终会长成一首诗的样子，因为你心中你骨子里都有诗。如此，你写下的每一个词，都能让人怦然心动。

要像一首诗一样地活着，像春风十里一样地活着，像小桥流水人家一样地活着，像尘外尘世外世一样地活着，择其一，而终于一。不欺骗，不辜负，不亏欠，不失去自我，这也就完满了。

如此，你写下的每一个词里，一笔一画里，都是诗。

一个词开成了人面桃花，一个词长成了桃腮柳眼；一个词明成明月松间照，一个词清成清泉石上流；一个词掬水月在手，一个词弄花香满衣；一个词织成江南烟雨，一个词撑开油纸伞；一个词大雪纷飞，一个词爱上风雪夜归人。

到最后，若能像一首诗一样地活着，就是你的人间福分。

谢谢你们的喜欢，谢谢你们的同行，也谢谢这一场文字之缘，让我们春华秋实月满天心！🌰

白音格力

二〇一八年二月二十六日

草木诗心与君语

我是要忙成春天的。

这样，我就可以率十万花朵，

陪你笑，陪你开花，

陪你去看这个世界上每天都在发生的

温暖的柔软的甜蜜的小事情。

# | 一捧花声 |

我想那些花，并没有落，它们和盛夏的花朵一样，
开时绕枝笑，落香远自来，在心里有清响，一声两声
一百声，似流泉叮咚，又似一个人浅浅的笑。

听着古琴版的《太极》，泉声鸟鸣间，仿佛你采花归，落座一旁，
这自然之声中，在一个无言但芬芳的对视里，也就多了一捧花声。

有一种音乐如流水，潺潺流进人的心田里。在这一份林籁泉韵
里，有人捧一捧花香来，那花香也似流泉，是有声响的吧。

所以，那么喜悦，在听着让人欢喜的音乐里，有一捧花声相伴。

我为这样的组词而欣然，也为那一刻，突然而来的大胆的联想
而陶然。如此，抱一捧花声归来，仿佛一生钟爱的山水，皆以回响
相赠于案上；仿佛一世珍重的日月，皆以古琴相抚于岁月。

奔波于工作之中，回家的路上，看蔷薇将绽，有紫藤始开，心

下仿佛有手指拈韵，滴落出一行行诗句来。这春色，越来越深了，也愈来愈牵人心魂了。

再忙也不盲从于劳役之缚，再累也不垒块于几寸胸中，愿只愿，春色并笔以焕彩，花光入画而流香。如此，在某个黄昏，身披霞光，才能抱一捧花声回家，月露风云般恬淡于心。

光阴是可以鸣琴的，只要手指上沾了花香，自会弹出一声一百声。人在世间，就该活出这样一份恬淡与热闹。既存得了高鸟云心，守得了空潭鱼影，又能于一万万朵花下笑，抱得红红紫紫满怀声。

六七月花事，半是绸缪，半是蹉跎。开着的就开得热闹，落的就落得迅疾，容不得人挽留。每一天好像都能看到一树一枝落尽花香的无情。早春的，早已凋过，春深里的，也渐渐零落。

但看到爱花人却仍欣喜地播种——报春花、莲子、苏铁、枇杷、蜡梅，仍欣喜地扦插嫁接——桂花、山茶、素馨、六月雪、木槿、棣棠、溲疏、含笑，一样一样，简直把日子养成了花海，让人不禁为那些落过的花，生万种风情。

我想那些花，并没有落，它们和盛夏的花朵一样，开时绕枝笑，落香远自来，在心里有清响，一声两声一百声，似流泉叮咚，又似一个人浅浅的笑。

今年春时盼雨，为的是去山里撒花籽。终于盼来，淋着春雨，走走撒撒，又担心山径听不到花籽吐芽的声音，便持木棍掘土为窝，让花籽落户。

自然在家里花盆中也撒了，随后似乎总听到花籽私语，一粒粒挨挨挤挤，有说不尽的蜜语吧。一盆的花声，一山的花声，是人间多么美妙的事。

立夏夜，在一处树下捡了落花，但不知是什么花，微香，那时感觉像一种思念的味道。

我是被香先引了过去，但倏地有一朵落在不远处，本来是没有声响的，心里却泛起微澜，有清香之香，亦有清响之响，寂静里，听得见美好。

我在想，细水长流的爱，是有花声的，绵绵情深系于光阴之上，你听着，听着，就足以听空山流水的声音，听老人间岁月的沉香。

踏春，临夏，赏花，再回到生活中，素常日子自有动人处，因为总有一个人，抱一捧花声归来。抱的是一束诗，抱的是一辈子的话，念念说说，就把日子抱成了诗，抱成了花。

哪怕只是一句诗，哪怕只是一句话，因有了诗意又有深意，就没辜负这一场人生大好的花事。如此多愿意，在人生的乐章里，我携诗而行，你捧着花声来。

# |一朵半开|

那个词，是一朵半开的花。一半是长相思，一半是自难忘。

一朵半开的，是花，也是一颗尘世出尘的心。

走很远的路去看荷的人，心里一定有一朵荷，半开着。荷风起于心，徐徐吹着，去的脚步，踩在另一个人的心头。像一首诗中，你一读就柔软的一个韵脚。

而看荷人，必是低低朗朗地喜悦着一池荷，于平常繁忙之中，心里抽出一朵菡萏，脚底生出一缕荷风，找了闲，带了心，欢欢喜喜地去了。

人之心，恰如一场花开，开一半，留一半，去看另一朵时，心就圆润了，就芬芳了。

然后那么安静地在荷前久久凝视，或在荷叶田田之中，寻得一枝，婷婷半开，仿佛寻的是前世那个有缘人留下来的盟约，今生就此一见，四目相对，两情相悦，合抱而开。

一朵半开，是一颗心与尘世与一个人清冽的缘；一朵半开，是因为爱到柔软啊。

黄图珌写荷，不描其形，不画其魂，甚至不抒胸臆，只说"设小席于其间，知己团坐，按红牙，品紫箫，歌自制词，尽醉花间"。

如此的小席，荷自懂，荷自惜，若正好半开，是温婉一笑，含蓄内敛。如采莲女，小舟穿梭间，低低羞羞地看自己水中的影。

红牙，紫箫，都是乐器名。荷开半朵时，我想，那乐器之音，所奏皆是木深处的音，荷知这音之清冽与干净。所以我相信荷会懂看荷人，荷会懂这样一场缘，荷会懂，所以荷自生风，荷风自送香。

这样的小席，心中留一半欢喜与赞美，奏得半支曲相送，也是回一朵荷的盛情，回荷最美的情意。

一朵半开，是花与人之相宜，赴约而开。如此，一朵半开，又何尝不是人生的小席啊。一朵半开，更是人一生所应该有的慈慧之美。因了慈悲，含苞半开；因了慧心，内敛半开。

因为从事一点与艺术有关的工作，所以见了一些画家。常会从某些画家的笔下，看到光阴柔和的美，看到岁月沧桑的柔软。这样的作品，往往不夸张，有静敛的力量。我一直认为，真正的艺术家，心怀慈慧，不见山不见水，但胸有丘壑，心中蓄满向静流深的水。

其实这样的艺术家，就是心中有一朵半开的含蓄内敛的花，他画出来的，总是于细微处，见大情怀、大境界。

而人一生之中，与人相处，与事相往，若含了慈慧之心，不与名利争高下，不与外人争高低，一定不愁人生如画。

一朵半开之时，恰恰好——慈悲为笔，慧心见美。

我想，我们与这个世界的情分，与一个人的缘分，皆应看作这样的一朵半开。

这个世界，本来就是一半一半的。一半真一半假，一半好一半坏。懂取舍，懂得失，懂悲喜，懂爱恨，懂进退，这个世界你跨一只脚进去，留一只脚转身，留有余地，可得安心自在。

情感世界更是一朵半开。爱对方一半，爱自己一半，其实是十分爱；缓缓地，慢慢地，为对方开着一半，相守一半，是最美。

某个闲散的午后，你翻开书，有风吹来，会不经意地，在某个词上，眯起眼睛，久久怀想。然后你会感觉从这个词上出发，翻山越岭，漂洋过海，去看一个人。

那个词，是一朵半开的花。一半是长相思，一半是自难忘。

# 花以落香为信

玉兰每年早春开，开过落香落进泥土里，也落进陆苏的笔下，所以她的诗，总是如信一般，一句就是一个好花季节，你心安安地读着，再也走不出来。

那一年去杏花疃，坐在溪边喝酒。山泉咕咕，也如酒。

有杏花一瓣瓣地飘到溪流上，然后瞬间就随清泉流走。身边朋友见我发呆，催我喝酒，我却突然来了一句："这些花瓣，落下来，是要寄去远方的。"

朋友有些傻了眼。接着我做了一件让他更傻眼的事，我将身边的空酒瓶灌满泉水，与他对饮。也许在我眼里，世界并不是世界的样子，世界是我想象出来的美好样子——山以清泉为酒，花以落香为信。

今年春天做得最多的一件事，就是拾花。

杏花刚开了两三天，突遇一场小雨，只片刻工夫，就落了一地。也落得人心一地凉，所以冒着雨，在树下拾了又拾。

回家后放于各种小碗、小碟、小盏里，摆在书桌上，摆在茶席上。闲时就看几眼，清水里的花瓣，就那么鲜亮了好几天。

我在这些带回家的落花香里，感觉我是最富有、最丰盈的人。甚至，我还会觉得，这个世界上再也没有一个人如我这般幸福知足。若你不信，我找这一瓣瓣落香上的字给你看，每一行，每一句，都是写给我的深情的心语。

因此，有时，我会恍然觉得，这落花，真的是光阴寄给我的信。

在我印象中，诗词中所见描写拾花之景的，是极少的。翻阅查找了许多资料，也没有什么收获。

古代爱花成痴的人太多，即使山野农家，也常在院旁篱边种几株花。是随处见花，所以不拾？摘花折花，以花酿酒，借花入茶，如此雅事古时常见，为什么拾花鲜有人为呢？

不过还是从资料中寻得几首拾花诗，颇有滋味。

其一是南宋郑会《衢州道中》所写："生危蔷薇插鬓斜，闲随女伴摘新茶。回头见客低头笑，却拾残花帖面花。"诗里透着一派清雅之趣，闲摘新茶，且随女伴，自然少不了乐趣，如此拾得几片残花，虽然只是摘茶途中一乐事，但那画面，还是那样醉人。

其二是明代刘炳《田家乐寄张师孟》中所写："小姑携筐懒梳洗，拾得绵花如雪肥。"偶得此两句，真是让人心神俱畅。这样的女子才是真的爱花人啊，诗中写的是田家之秋，也许是一个早上，刚落了雨，女子早起，哪顾得上梳洗，便携筐拾花。这拾得的花，"如雪肥"，好一个让人欢喜的词啊。

拾花就当如此，而非凄凄然最好。枝头沾了清露水，在花色里，在一片余香里，写了诗，寄给每一个拾花人。

看作家朋友陆苏拍的早春玉兰照片时，我是那么羡慕的。我所在的城市还没有一点绿，她的江南已被她家小院里一棵玉兰占满了天空。陆苏说，那是她爸妈约三十年前种下的。

玉兰每年早春开，开过落香落进泥土里，也落进陆苏的笔下，所以她的诗，总是如信一般，一句就是一个好花季节，你心安安地读着，再也走不出来。

而这一株玉兰，又何尝不是年纪渐大的父母，以侍爱花草之手，以落香为纸，将花之情，每年写一封信，寄到她长长的光阴里。

她的光阴，从此一直开着花，即使落，也是一首落着香味的诗。

世界本来就有她美好的样子，花以落香为信，我以美好为地址。🌸

# 穿上月光

穿上月光，再读古老的《诗经》，所遇皆是美好。

忧伤的事，有时很美。比如，一页诗稿，从往事的抽屉里一拿出来，窗外正好下了一场小雪。而我仿佛看见自己，穿着一身月光，款款走来。像一个梦境，也像一幅画。

我曾迷恋一切忧伤的事物，比如月光。

我一直认为披一身月光，是一件很忧伤的事情。岁月渐深，也渐渐地懂得了，忧伤是心底自珍自重的底色——不掩于尘埃之下，不流于世俗之中，自始至终，持有内在的洁净。

而在人生的长路上，越来越觉得，若能穿上月光，一生迎头遇到再黑的夜，扑面而来再灰的尘，我们依然可以走得皎洁、澄净。

夜里读书，一直觉得我便是披着月光的书生。

记得某夜，可能看书久了，一抬眼，满屋子的雾。天窗有月光，瞥一眼，月色浇在窗下的花枝上，花枝开着尚未谢尽的花。

这一切不似真的，有几分仙境的美，眯眼一笑。起身踱步，闲适安宁，推窗远望，夜有些凉了，却觉一身皎洁，心里有温度。

我知道，我是穿着月光的。这让我感到骄傲，让我觉得不流俗，让我拥有了一方清宁世界，清醒着，丰盈着。

有读者读过我的书后，发来信息，只简单的一行字："你是朗朗长空里的白月光。"看到后，我欣慰一笑。若是不论经历怎样的坎坷泥泞、挫折迷茫，仍能穿一身月光，我们终会是生命长空里的白月光。

十年前，好友在写一部与《诗经》有关的书，嘱我一定为其作序，我写了一篇《〈诗经〉是一枚月亮》，后用之做了书名。

开篇第一段就一句："《诗经》是少女时代穿白纱的月亮。"我很希望，就到此为止，不需再多一言。因为只有一颗少年心，才懂那一身月光的忧伤与美好。

我一直认为，《诗经》之所以美，就是因为读的人，身披月光，心里永远住着一个少年。

我知道，命运磨我棱角，光阴噬我鲜衣，我必须穿上月光，在那些狼狈不堪的时光与远方里，不困顿，不迷失。

穿上月光，再读古老的《诗经》，所遇皆是美好——

关关雎鸠，声声和答；琴瑟之友，钟鼓乐之；参差荇菜，左右采之；桃之夭夭，其华灼灼；南有乔木，佳人帘幕；如此才能心安稳自在地回到杨柳青青，草虫甘棠，回到一粥一水，一把柴火生起诗歌的火焰里。

世间所有的名利追逐，纠葛争吵，小情小爱，断断不舍，皆是一个人卑微的身世。

若穿上月光，走到一封信的落款处，发间有雪，手指苍老，依然温热，翻一页往事，才顿觉一生只是半途，耿耿于怀的，念念在心的，皆是一己之私欲。

我知道，穿上月光的人，是心中有痴念的人。

或者对一生喜悦的事，或者对山川草木，或者对自我的内在世界，或者对一个人，痴着那份纯粹的美好，念着那份简单的满足。

是的，痴痴念念的人，永远看着月色是一件衣，披在身上的时候，是一份自在清喜，是那个人干净的笑容。

念念痴痴的人，穿上月光，永远看花开是一念，花落是一痴，如单薄的衣，笼着琉璃的世界，一片寂静，那么美。

# 我一定会忙成春天的

我是要忙成春天的。这样，我就可以率十万花朵，陪你笑，陪你开花，陪你去看这个世界上每天都在发生的温暖的柔软的甜蜜的小事情。

最近很忙，不要找我。

把世间的酒都给李白，把世间的田园山水都给王维，把世间肥了的绿、瘦了的红都给李清照；把菊都给陶渊明，把梅都给林逋，把莲都给周敦颐，把茶都给陆羽，反正不能让他们来找我。

我很忙。也不用担心我的忙。忙着就忙着，反正春天也正好在忙着开花。

我真的很忙。我要在白雪前去山里给花籽盖被，在她们睡前，给她们讲故事。我会提到世间有美好的人，以善，以温柔，以诚，以感恩，以真，以热情，以爱，以认真，与这个世界美好相待。

也会讲世有今之古人，淡如菊，幽似兰，活回了古意之境，或者一个女子，曾在一页诗稿上一针一线地绣上花好月圆。

是的，刚入冬时，我就开始忙。我在忙着为花籽盖被。总有一粒花籽，会在下一个春天，开成我们的韵脚；总有一朵，会开成你的模样。

我还在忙着为往事的炉火添柴，为光阴的杯盏续茶，为一朵花的旅程铺好青石巷，点亮二十四桥明月，展开一万卷山河。

之前我刚刚忙着哄睡了十万万只蝉，又忙着小心捡起一瓣秋，忙着为一场小雪的到来，烧好了一壶老酒。

如此，往事更暖了，光阴更香了，一朵花更芬芳了，小雪更美了。

如此，我一定会忙成春天的。

一月，雪落山径，寒梅数点，不要找我。

我忙着去走一走，心境潆潆，每一个落下的脚印，都是轻轻的叩门声，叩响泥土里温暖的种子的梦，叩响一场花事的门扉。

二月，春风唤绿，芽报花信，不要找我。

我开始忙着写信。最高最高的枝头，你给我一个到那片天空的地址，那里天天是好天气，家家清风明月开窗。然后，以一片云、一缕风、一瓣花香，或以一个人的笑为邮戳，无邪而美好，让我抵达。

三月，惊蛰一声，万物复苏，不要找我。

　　我更忙了，我得快点铺好大片青草地，春风快马一路而来；得准备一沓沓的信笺，收藏好花声一声两声十万声；得准备春风词笔，给天下美好的人焕彩；给白李红桃准备胭脂，给白云流泉准备歌谣，给小菜园小草径准备春宴。

　　我知道，我一定会忙成春天的。我让云为你引路，溪为你浣衣，刚刚好的一分春色染颊；让流莺折第一枝春，山月在瓦罐里浮出第一缕笑；让屋檐滴滴答答滴下一串串温软的词牌名，春风推开的窗里远唐的屏风上画大朵的牡丹和圆月……

　　我是要忙成春天的。这样，我就可以率十万花朵，陪你笑，陪你开花，陪你去看这个世界上每天都在发生的温暖的柔软的甜蜜的小事情。

# | 你身体的日历 |

因为彼此心中有美好，所以，八千里路云和月也走过了，二十四桥明月也来过了，一去二三里烟村四五家也经过了，最终桃花潭水深千尺，心的深处，转轴拨弦三两声，未成曲调先有情。

你身体的日历，我希望，一页一页，一页页地写着"宜温暖，宜微笑，宜美好"。

我是希望，我心心念念的每一个友人、故人，在岁月深处也在百花深处，身体里住着光阴日月，住着百草香，住着那些从不舍得舍弃的旧人旧事。

一个故人跟我说："从前，是那么无知啊，不知世间什么是舍什么是得！"我笑，我说："无知者无畏啊！"

我是想告诉他，那从前的从前，经历的一世苦与甜，幸福与苦难，安康与病痛，都是人一生的学校，教你懂得，再多的人，剩下的，首先应该是自己。自己身体的日历，宜什么，与不宜什么，都是一个人的事。无人可承担，无人可分担。

其实人一生的痛，有时，不是身体上的，而是内心的孤独感。

深深的人生黑夜里，最怕你感觉孤独，因为我知道那种感受，所以我从写疯狂的小说到开始写美好，不再与世有纠葛，自然不与人纠缠。但人一辈子啊，或许会遇到那么一个人，是藏在心中的甜蜜的秘密。

也许你的日历里，会有一页，写着我的美好。浅浅的、深深的，美好。所以我也懂得，那浅浅的喜欢就是欢喜，深深的爱就是深的渊啊。深到那个人的渊，不想爬出来，就那么坠落，还心甘情愿。

其实，走到人生降霜又落雪的时节，光阴的日历会照顾那些美好的人，会性情温和，会言辞柔顺，与你说些老酒酿出的话，都一日一页地记下了。

清代黄图珌说"取瓣染指甲"，是取的凤仙，我更愿意看作是一个人身体里日历页上的香瓣。

因为大好河山也好，大江大浪的人生也罢，能存下自己的一页日历，在经历一切之后，能刻于心上的那一页，也许不多，但总是有那么一页，就该知足。

春开百花，冬落片片好雪，都有人生美好的一面。不计较得失，不在意恩仇，不纠缠爱恨，便可以得自己的美好。

当一个人美好了，身体的日历，撕了就撕了，亦能自清净，亦能喜欢着一个人的欢喜。

纵使苦雨摧损其容，容上眉眼也依旧明媚，只因清幽良善的一颗心，再无他念。就留着那一页日历上的好，留着旧事旧梦旧下去的身体与灵魂。

但毕竟是要心存美好，才无惧无忧这样的"旧"。

因为彼此心中有美好，所以，八千里路云和月也走过了，二十四桥明月也来过了，一去二三里烟村四五家也经过了，最终桃花潭水深千尺，心的深处，转轴拨弦三两声，未成曲调先有情。

剩下的光阴，日历一页页地撕，撕到来年又一年再一年，只愿你身体的日历，页页都写着："宜温暖，宜微笑，宜美好。"

# 我心是草芽色

住在《诗经》里的草，也一定是草芽色。因为古老，
因为是最初。

　　在一座寺庙门前小坐，遇一穿清风衣的老人，我看得入神，他也看到我，回我一笑。那一笑，整个世界都变得很温柔，很慈悲。

　　什么衣是清风衣呢？不过是一件素白色长衫，穿在六十好几的老人身上，看到的却是清风一样的风姿，能清人眼目。

　　这样的清风风姿，让我着迷。我后来一直想，这风姿该如何形容呢？差不多困扰了我一整年，直到初春入山，看到那春草泛绿，轻轻盈盈，似要飞起来，忽然喜悦，就是它了。

　　那风姿，就像初春青草绽出的草芽色，无比纯净，无比清宁，也让人感觉无比安然自在。

我希望我的人生如草芽色。不再有大悲大喜的人，必会喜悦着微风细草，喜悦着一宁落下的一行诗，喜悦着荷的容颜，菊的风骨，雪的气节。

人生如初见啊，一定是如草芽色，见一个人的眉眼时，心是可以破冰的，是可以水流花开的。

所以，我必定与你相见，以初春，以草芽色。

明代范文光有首小诗《西堤道上》："晴云吹晓踏春城，山影随风尽倒生。可惜游人尘土里，马蹄长带翠岚行。"

诗中几个意象都是我特别喜欢的，比如"晴云""山影""马蹄"。或许诗句一下子把我带进春水初生的一幅画里了吧。

我知道那晴云或许在抬头的那一刻，顿时便可让我心境飘云，飘春天的芬芳；而山影更是迷人，去春山，见野花几朵，听鸟鸣几缕，再看那春意盎然的山影，心中就住满了整个春天；马蹄在如今只能是纸上诗中的印记了，可是你在早春里忽看一树杏花白时，你的耳朵里听到花香浮动，也似有马蹄嗒嗒而来，一溜春光仿佛就跑进你眼里心中了。

细细品味，诗中处处是草芽色了：晴云青，踏春踏青，山影惹青，游人尘土里有尘，但一行翠岚必是青的韵脚。这样的景，这样的心境，看春草春花春山春诗几行，心上早染了草芽色。

住在《诗经》里的草，也一定是草芽色。因为古老，因为是最初。

看一篇文章总结的《诗经》里的草：年轻姑娘手中一年四季采不尽的苤苢、菡萏、蔚、菲、萧、艾、苓、蕺、茨、舜、苎、芩……这些有着好听名字的草，一个个散居在诗经的闺房当中，和着诗的韵律，成了年轻的小伙儿表达爱情的借物。

是的，那借物，何以表情意，表衷心？唯有那些在天地间吸了日月精华的千年不枯的草，不枯的草芽色。

自然界的草是这样，世间的爱，也是这样的。

人生一程，当不怕归去天色晚，回首心中仍见草芽色。

总会有一处山色流泉，总有一间屋云烟围篱，总有一首诗一个人春光泼眼。一路走来，清清凉凉，目是秋水湖心，心似空山云影，光阴的笺上，依然有美好的底色——天蓝，草碧，云白。

草芽色，是蓝，是碧，是白啊！

早已不需着一字，尽生万卷欢喜，无纷扰无惧忧，从春到秋，念念在心的依旧是：思君落墨迟，花发不语秋。

而我心，还留着一分草芽色，为的是，秋后雪白处，早早探出头，迎上你的这一分如初见、不改初衷的草芽色。

# | 花籽在信封里发芽 |

遇或不遇，心中的花籽，都要走在路上，即使
还孤独在一封信里，也是要发芽的。

一封信，有时是孤独的，因为难遇到倾心的地址。

说这话，是因为我时时会觉得，我们每个人都是一封信，是光
阴要寄给某一个美好地址的信，是岁月要寄给某个人的一封信。

但地址遗失，也查无此人，我们孤独地困守在原处，写好了盛
大的内容，再也寄不出去。

有些伤感，但我更相信，这封信是美的，是珍贵的。

所以我写一封信的孤独，会感觉，人生有千言万语无凭寄，终
是皱成一颗心，却也可以不着一字，只寄些花籽，孤美地上路，春
天也在路上，花籽若碰到，就在信封里发芽。

遇或不遇，心中的花籽，都要走在路上，即使还孤独在一封信里，也是要发芽的。

其实，心里有甜蜜恋慕的人怎么会孤独呢！一颗心即使无人可爱无人来爱，依然每天可以像谈恋爱一样地爱着，爱着平常的日常里那些细小的生动的美，爱着草木人间，爱着百花深处。

心里要有着即使再孤独也和自己谈恋爱的安稳踏实与美好。是的，心里是在谈恋爱，身体也在谈。所有美好的光阴，都在陪着你谈。

这样的爱情，不是爱情，这样的爱情，是灵魂与灵魂的爱，也许总有一天，有一个人带着自己的灵魂与你相逢。

这种清清凉凉也不失温度的美好，就像月光，照在身上，浇衣而凉，又温暖地照着你。像一粒花籽，看似孤独地上路，但路上总会遇见春天。

明代叶向高有诗云："高楼明月夜，莞尔对西山。"有段时间时时在纸上写这两句诗。要给朋友寄新出版的书，嘱我写封信一同寄去，说说近况，或追忆往事也好，以便怀想大学时书信往来的岁月。

想来想去，只寄了这两句诗一张纸去。我猜朋友会觉得我小气吝啬，其实我倒觉得，这两句，在寄的路上，会长出百千句。

西山是薄暮，是薄薄的凉，是我们必须面对的当下，好年华在流逝，追忆里有多少憧憬就有多少荒凉。但是因为"莞尔"，就觉得心中有花籽，从从容容，被温暖的光阴的土焐热了，然后就开始准备发芽的旅程。

我知道，我写"花籽在信封里发芽"这一句，不过是一厢情愿。可是，就是这么欢喜着啊。所以弃尘世，去小山，走的看的听的闻的，都是一粒粒花籽，在路上，在书中，在耳里，在鼻间，一粒粒地发着芽。

这确实是我的一厢情愿。后来我想，世间一切一厢情愿的爱，真的就是花籽在信封里发芽的过程。

一厢情愿的爱，一定是自己一个人的事情。看看窗外的月，嗅嗅桌上的花，翻翻那些喜悦的诗词，那个人啊，那个人离得多远都在你身旁。你在这一厢，他也在，哪怕在窗外，他用一枝桃一枝杏花敲了窗，你就知道了。

我与自然草木花月，与你，如果有美好美妙的情谊，一定是这样，像一粒花籽与一粒花籽的相遇，恰恰好，在一个节气里，萌萌动地发出我们彼此的芽。

这个过程，像写给你的一封信，一启开，芬芳扑鼻。或者永远未寄出，但我已活成了光阴里的一封信，我口袋里装着花籽，一路上，花籽在我的口袋里发芽，开花。

即使没有倾心的地址，我就寄到岁月深处，我是寄件人，我也是那样一封装着花籽的信，走在路上。🌹

# |花笑栏前|

翻一页书，读一句诗，一个凝视间，看到一个
人的影，日上花梢，莺穿柳带，欢喜得纸页上长出春
天的模样来。

走廊外侧及栏杆上落了一层薄薄的雪，是今冬初雪。尽头几盆
黄菊，花色淡了，但于一片月光里，你看不到憔悴之容，唯剩下对
美好的感念。

那个夜晚看到的菊，在月下，在一栏杆的雪前，潋滟生彩，花
色里仿佛流着一缕笑意，浅浅的欢喜，不需与人道。

那时，好想携一瓯清茗，于菊前，附庸风雅一回；或一坛老酒，
启开光阴的芬芳，安心坐下，宽饮开怀。那时，菊笑，人也笑。

能在初雪的人生光景里，如菊一样花笑栏前，内心不存俗物，
也弃了尘世贪恋，清清凉凉中虽然终归是要一寸寸地老下去，但自

有自我的花色，骄傲而不流俗。

一个弃了城市回老家种地种果园的朋友，每年打　次电话与我三句两句叙旧，或跑来与我聚一次。对我来说，至今最美的果园，就是他的。因为他于果园里挖了一方水塘，养了鱼，盖了茅屋，邀我去住，去写作。他十多年不知我的生活，但他知道，我还是我，笑看风云，依然清风明月模样。

因工作忙，又怕麻烦他，我一次也没有去过。但在我心里，早已住下那些美好的时辰，听雨之朝，看云之昼，临风之晚，待月之宵。

我知道，朋友懂得我对独处闲光阴的偏爱与执念，更懂我，一个人内在安稳的岁月，是有花赏花，花落了，就笑看花落，起笔落笔写一点文字，也便尽是笑意了。

清代黄图珌曾写过这样独处时的感受：门无剥啄，庶得专心究学，随意观游，亦得领略一切泉石花禽之趣味。悠悠然一段静闲里工夫，十倍闹热中岁月也。

没有敲门声，这样可以静心在书里观游，自得乐趣。这样的静闲，是花笑栏前。一个人独处，应该有花笑栏前的风姿。如此在动荡不安的岁月里，才能安稳自喜，不受纷扰。

我在文字里，建了一个村庄，建了一间屋，建了一整座春天，建了一切的一切，风雨雷电，花草树木，建了一条长满诗的小径，我见到了你。

我知道，我建的那一座春天，只是在纸上，因了美好的人，那春天就活了，花香就会从纸上飘下来。活了的春天，每朵花，都含笑。由此，我更坚信，花的笑，是看惯了世事变迁，无所惧忧，是内心再也容不下那些纠葛纷争，容不下喧嚣嘈杂，只留欢喜。

我一直希望与光阴，与岁月，相安相喜。如此，翻一页书，读一句诗，一个凝视间，看到一个人的影，日上花梢，莺穿柳带，欢喜得纸页上长出春天的模样来。再回到平常岁月，山静日长，一个人也足以，安稳喜乐，花笑栏前。

# | 一朵花替春天送了一封信 |

春的雨，细如丝如笺；秋的风，剪我的衣如笺。
你来的时候，手持的一缕花香如笺；我写的一页诗稿，
安睡如婴时如笺。

　　一朵花替春天送了一封信，一个春天替诗人打开一扇柴门，一个诗人替往事拨亮了炉火……如此，世间才有那么多美好。

　　一个人心中的美好，总有一缕风、一朵云或一个人替他保管。这美好，也好似被写在一封信里，一朵花就是一个邮差，送到百花深处，送到一个人的眉眼里。

　　想想，该是多么美。白石溪边，一朵水花就是一座车站。一声声绿色的鸟叫买了票，有的去了云水谣，有的去了温暖泥土的怀抱。明年再来，溪边那棵开着满枝满丫鸟鸣的树，还记得你的笑。

　　那是因为，那棵树收到过一朵花的信，开启过芬芳的旅程，等

你来相逢。一切美好到，好似安排好一般。是的，就是这样的。

一朵花替春天送了一封信，于是，草木千章摆长席，百花万卷启美酒，直陶醉到月色提灯，照亮一首诗回家的路。

诗人推开窗，看到柴门洞开，好似春天奔来。也许他是一个沉默的诗人，但那一刻，他也禁不住眉飞色舞，奔了出去，要把一整个春天抱在怀里一般。

诗人自然会禁不住写一首诗，也许就是随口随心的话，要寄给他的心上人听：

如此想念，从来没有这种感觉，此时就想抱着你，从春暖花开，一直抱到光阴的雪，白茫茫一片。然后我们以爱为地址，等着一朵花替春天送来一封信。

一朵花替春天送了一封信，每一个收到的人，都会成为诗人。

大自然仿佛就是一封信笺。上面写着百花百草香，千年万古诗。

春的雨，细如丝如笺；秋的风，剪我的衣如笺。你来的时候，手持的一缕花香如笺；我写的一页诗稿，安睡如婴时如笺。

在匆忙的生活中，或急急的旅程里，因为心中存下了一个美好的地址，总有那么一刻，你会突然收到这样一封信。

你在信笺上，看到初春第一枝玉兰，张开洁白的翅膀，飞进你苦涩的眼睛里；看到一场小雪路过你的身边，像洁净的往事，轻手轻脚；看到久违的淡淡的却让人沉醉的花香，坐在树下一把竹椅里，等你。

这样的一封信笺，白云向你问好，小桥流水流着诗的韵脚，花香替你读，你听着，便懂得有些光阴，是山河故人面目，不必急，不用慌，一切刚刚好。

一朵花替春天送了一封信，只要心中有一个地址，只要在再匆忙的奔波中也不丢弃这内在的地址，你一定会收到的。

你不再需要对生活种种不停地诉说、解释或妥协，不需对命运呼喊、推销或退让，你早已是一个心中有春天的人，不再慌张，只从容而行。

我相信，有些话，不一定非要说，懂的人自懂。像风懂月，水懂一片落花，一个小村懂春天赶来的所有的花朵。

你没有说的，风都替你说了，雨也替你说了，春天时候花开，是替你在说，冬天时候雪落，也是替你在说。

美好的事情，从来不慌张。一朵花的开，是简单到再简单不过的事情，一点一点，张开芬芳的翅膀；一个人的笑，是自然到再自然不过的事情，一缕一缕，微微打开身体里的芳香。

何须多言呢？一朵花替春天送了一封信，整个世界就开成另一朵芬芳的花。

# |一杯雪|

那雪，一定是赶路的诗，从很远的地方来。也
许往事提了灯笼，雪才落得一路白。如此，夜里，就
更想要一杯雪，饮这世间难得的一分清凉与清欢。

瘦腰身的秋水，被写成词，装进一封信里，寄在路上，于是就
有了漫天的雪。

一场雪，是清清白白的相思。是天对地，花对树，山对水，烟
雨对画桥，山河对故人，最清凉的怀想，最清喜的思念。那白，仿
佛是纯棉的丝，抽一根，织一件相思的衣；那凉，又好似冰清的梅，
闻一下，心头萦绕一缕缘分。

盼着天地一白，踏雪深山，于一听雪草亭里，炉煮清茶，向火
清聊。

几回一个人山林立雪，四野是白，多想有一茅屋，能避风听雪。

特别是夜里，红泥小火炉冒着火苗，我住在雪窝里，寂静住在我耳朵里，雪落四野，天地一白。这时的一杯淡茶，映往事的人影，浮心头的痴念。或者干脆就饮一杯雪。这个念头，在那个雪夜突然一冒，心下沸动。

今冬一个我熟睡的早晨，因为一场落在窗外的雪，让我觉得，冬天最美的早晨便是一睁开眼，看到窗外，晴雪如诗。是哪个诗人一夜写白了天地，寄给念诗的人。

那雪，一定是赶路的诗，从很远的地方来。也许往事提了灯笼，雪才落得一路白。如此，夜里，就更想要一杯雪，饮这世间难得的一分清凉与清欢。

于是在随后天气预报有雪的夜里，我取一杯，置于窗外平台，盼一夜大雪，赐我一杯清欢。我想要一杯雪，与友共饮，与书共饮，与光阴共饮。

一杯雪的家境，是春水初生的清，落花不争春的净，是秋水兼葭的素，是白露白，寒露寒，霜降霜。捧一杯雪，与光阴话暖，与往事叙旧，让我觉得，我心清澈，历寒冬而仍有入世的温度，即可春一来，就开百花。

还有，这一杯雪，仿佛隔开了整个世界，隔开了世俗，那样以清凉的眉眼与我相见。

　　我知道，山隔世，草木才与你露出故人面目；草木隔俗，你才见沾衣清露都是一个人的眉目；和一杯雪独处的光阴，你心有白鹭立雪，自有人眉弯新月，折梅奉茶。

　　雪不来，翠色一山空老。你不来，月空照一天雪。

　　因为一杯雪，带着邀约，存有温度，所以端在手上，微凉，心头却一热。这一热，是蓄了光，蓄了在世的温度，温暖着一粒粒花籽；这一热，是执念，是花开。

　　因为一杯雪，光阴里的执念，是安心过日子的花朵，修饰了一扇窗，又落了花影于你岁月的书中，做了最美的插图。

# |满身是诗|

花从来不慌张，开也不慌，落也不慌；风也从来不慌张，暖风扑面时给了草木惊喜不慌张，凉风刺骨时让人瑟瑟亦不慌张。

有些人，满身是诗。

比如李白，白月光照在身上即是诗，花间一壶酒即是诗，就算只呼吸一下，如余光中诗里所言："酒入豪肠，七分酿成了月光，余下的三分啸成剑气，绣口一吐就半个盛唐。"

越老越喜欢李白。这句话我自言自语过很多次。

少年时也读李白，只因朗朗上口，读不出他诗中的天地。年岁渐长，读李白的诗，他的诗中似乎无美、无禅、无天地，却又处处是美，是禅，是天地。

我知道，他是个满身是诗的人。他即是诗，诗即是他。

也爱陶渊明、杜甫、王维、白居易、苏轼……若在暗夜翻历史，或打开诗集，皆不需要灯，哪朝哪代，你只需念一个诗人的名字，他们就是灯，历史的灯。因为他们都是满身是诗的人。

诗不是"天雨粟"，无法让"鬼夜哭"，诗甚至不是一粥一饭一衣一行，但诗是光，能穿越历史，照亮当下。所以读一首诗时，自然也会感觉，被光照身。

和一个朋友说起去一个陌生城市迷路之事，我说不用慌张，我们有诗意，我们用诗意引路。

看似这样的话，毫无章法，不过是虚幻般的浪漫而已。其实不然，在一个陌生的城市迷路，不美吗？看了陌生的风景，领略不曾遇见的美好，心从容，走在哪里都能安然，不急不躁，不错过沿途的美，难道这不是美吗？

我觉得人生长路，更需要这样的"诗意"。

花从来不慌张，开也不慌，落也不慌；风也从来不慌张，暖风扑面时给了草木惊喜不慌张，凉风刺骨时让人瑟瑟亦不慌张。细想，如此一来，我真的是个满身是诗的人。

因为满身是诗，所以见草见木，自然身上便有了草木清香；看风看月，水轻风，月冷露，更懂得清风明月照身是多么丰盈的美。

云有了诗意，自铺小径，接一个山中客，招待一席云水谣；雨有了诗意，自会牵起小巷，等一个撑着油纸伞的人，用两行韵脚，滴滴答答走两行肩并肩的背影。

让生活多几页安静的诗稿，一定比熙熙攘攘沸沸扬扬的名利更美；让光阴多几行干净的诗句，一定比是是非非风风雨雨的纷争更暖。

我希望我是一个满身是诗的人。不论生活安排怎样的悲欣交集，怎样的荆棘密布，都能从容而美好，带着诗意，闻到草木的清芬，看到月色的美。安稳于日常，清喜于光阴，慎言于生活，落下的每一笔，都带着体温，带着虔诚与郑重。哪怕只写两行，哪怕不曾感动别人。

我知道，因为满身是诗，所以才会更深地懂得，生命的华衣，诗来穿针引线，即使终会难免有补丁，但诗的针脚，也会让补丁开花。

如此也就不怕了，满身是诗，向内丰盈。即使短歌行，也是一场与生命浪漫的邂逅。一个满身是诗的人，自然话越说越少，背一坛老酒，向内自话。

诗越写越短，起笔一行，落笔一行，与你照面。敢于少说，愿意倾听，是行云流水生活；敢于作短诗，越短越有味道，是山长水阔人生。🌺

# 你要活得绿油油的

你该活得绿油油的，活得饱饱的。绿是你的精神食粮，也是你在世的面目；是你心里的光，也是世界回你的深情。

读过一篇文章，里面写到作者的一个姐妹，说她每天活在不得已的战场上，次日醒来，"又是一个绿油油的自己，活得饱饱的"。读到这一句话，心里一惊。是啊，你要活得绿油油的，活得饱饱的。

那么直接，不加修饰，却惊心动魄，让人一振。人若植物一生，嫩芽的惊喜，每一眼里都是绿；然后含苞自喜，无限风光，尽在轻轻一吐；再到好花时节，每一缕绽放，鲜衣怒马，都是香动京城一般；终要西风惊绿，抽掉汁液，花色零落，惆怅萎靡；还要被铺天盖地白茫茫一片，瘦尽寒枝，恼，怒，顾影自怜，都无可逃脱。

最怕的不是身体枯了，最怕的是心中无绿意。

人生，不过是人这一辈子"生"的过程，不恼，不急，忍受，调理，把过程熬过去。我们都会死很久，但生有时，该好好珍惜。没什么好吵的，没什么好争的，没什么好委屈的，没什么好不甘的，没什么好自私的，没什么好孤独的，没什么好无助的。

要不然，一样一样，会一点一点抽掉你身体的绿，即使一切如你所愿，你也总有饥饿感。是因为你心不安稳，不带喜气，只有纷争与计较，左右你的节气。

你该活得绿油油的，活得饱饱的。绿是你的精神食粮，也是你在世的面目；是你心里的光，也是世界回你的深情。

板桥以竹为知己，画竹成痴。他在《墨竹》上题句："茅屋一间，新篁数竿，雪白纸窗，微侵绿色，此时独坐其中……"常诵读这一题句，只到"独坐其中"便尽是美意了。郑板桥在绿竹、在侵窗的绿中，会喝一盏雨前茶，摆好一方端石砚，铺开一张宣德纸，再画几笔折枝花。而我亦有我的喜乐事，虽窗前无竹，窗也不白，但那一点点微侵的绿，却顺着眼睛，长满身体。

那绿，是光阴里那些细小的美，是读到的一行青绿的句子，或者是那些在白花花岁月里仍光鲜碧绿的往事。

平时再侍弄花草，无论春，无论冬，绿意在枝上，我眉眼喜笑，不在枝上，我知那绿住在我心里，我心里有一个饱饱的春天。

在你的情感世界里，更该活得绿油油的，活得饱饱的。

对一个人的念，愈是多愈是热时，却恰如一捧雪，不盈一握，凉一丝，瞬间感觉就软成水，又没了，两手空空。人常会在这样的空里，落下痛疾。

思念也好，往事也罢，若心中无绿，必是一截枯枝，握在手里，凉在心上。若怀美好，瓷瓶置水，枯枝斜插，那也是一幅上好的《水横枝》图。绿就在枝上，你看得到。

要自带喜气，要自在圆足，在怎样的人生坎坷与苦难面前，都始终不弃心中一丝绿，坦然微笑，安然接受，又能自得其乐，不为外面节气所改变。

也许每一朵花知春之心意，所以花开的不是花吧，一定是心；也许每一个春天知花之心意，所以春天吹拂的每一缕风，不是风，是微笑，是暖，是人间四月天。所以，绿，是自己对自己的心意。

你一定要活得绿油油的，这样，你心中住的人，住下的往事，住下的光阴，和你自己今生所有的愿与美好，都在春天的城里，活成一片绿，活得绿油油的，饱饱的。

# 红梅唤客白满席

也许天上落下的雪，都是人间美好的一宴吧。

不邀春风，不约春花，不谈春色，满席白。

常喜欢这样简单地描写雪：白茫茫一片。

电脑打字，我用五笔。"茫"字打"aiy"，但打字时因手指的速度会不受控制，偶尔打错顺序，所以打成了"iay"，呈现的是一个词"满席"。于是屏幕上就出现三个字：白满席。

白雪来赴宴，满满的一席，想想竟充满诗意与暖意，莞尔一笑。

谁设宴招待的呢？而且邀请的全是雪，满席白。我开始雀跃起来！宴席备了什么酒，什么点心，什么茶？初雪、小雪、大雪，都来了吧，它们会怎样说话？那北国的雪，南国的雪，初见时会拥抱吗？有没有梅花使者抚琴？有没有桃花人面斟酒？有没有春风茶盏倒茶？会作白雪诗吗？会画《红梅唤客图》吗？会有戴花的鹿故意装作经过，来采一缕诗吗？

如此这般想象了一番，才又觉得，是我，是我在心里设了这一宴。越简单的，越美。所以描写白雪时，再没有一个字一个词有"白"字那么直接而力透纸背。

白雪白。整个世界，落下一片白，白茫茫，什么也看不到，只有白。这白是要让人静一静，寂一寂，停一停，慢一慢，冷一冷，思一思。

世界太喧哗，人心太浮躁，这白是安静的力量，是充满情谊的诗句。能让人远离尘世，静思而得超然境界；能让人内在空了一空，却又觉得满了又满。

也许天上落下的雪，都是人间美好的一宴吧。不邀春风，不约春花，不谈春色，满席白。我们心中有此一宴，人生有此一宴，以那么白的白，素的念，招待一个在大雪纷飞中归来的人，招待一场红梅唤客白满席的光阴，惊艳我们那沧桑的岁月。邀请雪，共赴这良辰，是深情，是冬深处、岁月深处从不缺失的深情，才有了满席白。

白成清清凉凉的旧事，不过分牵绊，也不曾忘记，在一杯酒里，暖成一世的暖；白成干干净净的信笺，写一句"珍重待春风"，那些花喷柳舒的岁月，即使在远方，此时此地，在一盏茶里，香成了来生的香。

# ｜与山水同框｜

山能游，水能玩，人有不老心，最可贵；到了老，
仍要怀一颗看山水的心，如此眼里就是大天地，心里
就是大画卷。

古人好远足，近山水，修得诗心浪漫，所以今人才能有幸读到
那么多那么美的山水诗。

李白有言："五岳寻仙不辞远，一生好入名山游。"读李白的诗，
其山水佳作，与很多大诗人的不同。有人借山水浇忧愁，有人望山
水寄哀思。李白不，李白是眼里尽山水，笔下仅山水。

"日照香炉生紫烟，遥看瀑布挂前川。飞流直下三千尺，疑是
银河落九天。"从此，我们知道了庐山瀑布是如何飞流直泻、雄伟奇丽、
气象万千。

"朝辞白帝彩云间，千里江陵一日还。两岸猿声啼不住，轻舟

已过万重山。"这首诗气势豪爽，笔姿峻利，读来豪迈畅快，诗中用词更是精妙绝伦，回味无穷。

李白一生的山水诗成就，在我看来，无人可比，当排第一。同是盛唐时期的王维，是我的最爱。但二人，李白让人醉，王维让人醒，各有所长。如果古代有相机，我相信李白存下的照片，多是与山水同框，笑颜满面。

在游山玩水方面，陆游也厉害，我超佩服。

陆游七十岁，还心系远足，欣喜"登山未用扶"；八十岁，仍是山中客，"八十可怜心尚孩，看山看水不知回"，真是痴不可言；哪怕终成"九十衰翁"，不改初衷，洒洒然一挥手，"偶扶拄杖登山去"，叫人瞠目结舌；待到实在走不动，云游山水的心不老，"老来无复当年快，聊对丹青作卧游"。

哈，真是让人刮目相看，佩服佩服。不由得也从中领悟一点人生哲学，即：山能游水能玩，人有不老心，最可贵；到老了，仍要怀一颗看山水的心，如此眼里就是大天地，心里就是大画卷。

张恨水在《窥窗山是画》一文中提到他在南京时几位朋友的家：

他们家三面开窗，两面对远山，一面靠近山。近山的竹树和藤萝，把他们屋子都映绿了。远山却是不分晴雨，都隐约在面前树林上。那主人夸耀着说："我屋子里不用挂山水画，都是活的书，活的山水画。"

张恨水曾计划着苦卖三年文字，在朋友那里盖一所北平式的房屋，快活下半辈子。是啊，家里何须画，推窗山即是。能住在这样的地方，每天都能窗前与山水同框，该是何等逍遥。

很多年前我在家乡小城也有一座三面开窗的房子，也是两面见山。房子位于小城"城北"，城北不是区域称谓，而是村名。

现在的城北也并非城之最北，而是离市中心很近，走个大下坡即到。不过，小城当年城北村也就是真的城之北了。

我买时，在外人看来肯定是图它便宜，因为那是个对小城人来说不便居住之地，村有一大段的上坡，一到冬天下雪路滑，走路都吃力，另外，也稍微荒凉。

但是，这是我买此房的一个原因，但重要的原因是，这房推窗见山，东窗外是小城"名山"，树木繁盛，北窗外亦是山，虽小到可忽略不计。

我一个人在那里居住了四年，也是那四年，我与山水同框，几乎日日都会凭窗望山，构思文章。

越活越觉得，人能过一种与山水同框的生活，是多么闲适幸福。所以我羡慕古人的诗情，更羡慕他们的山水，他们的日月。

如今回想，我居住在小城时，是我人生最迷惘、最困顿、最多难、最苦痛的时期，可是，我每一次回头，皆好似立于窗口，闲云在游，清风在吹，家里花草养在我从山中取来的土与水里，是如今不可比拟的安宁。

甚至我认为，那座房子，是我这一生中最好的房子，即使将来我终能实现在山之间守一塘水，七八棵老树过活，但我生命中最美的窗口，依然在那个小城。

因为，是那个窗口，让我与山水同框，修了一腔山水缘：迷惘无措时，"遥见仙人彩云里"；寂寞困顿时，"闲窥石镜清我心"；孤夜萧索时，"山衔好月来"。

# | 清风流泉 |

是的，画家不怕寂寞，怕的一定是画不活一座山，

而山中泉，是好墨，是能画活一座山的好墨。

　　有一次写文章，本来要写的是清风扑面时那种清爽之感，让心欢愉的情愫，但笔尖下写出"清风"二字时，竟好似心头突地涌出一股清泉般，所以随后就落下"流泉"二字。

　　清风流泉，我在这四个字上顿了一下，回味了一下，嘴角扬起笑意。我为我这个组词雀跃起来。人生可能无法时时入得了清泉地，也坐不了清泉白石，更无法在一挂流泉边上，赏几声鸟鸣，拂几缕山里清风。

　　甚至，世间的泉，流着流着就长了腿似的，不知跑哪里去了。但某一刻，因为清清凉凉的欢喜，风起眉眼，心涌流泉。

山有泉，山才是活的。即使你画进画中，静物之美，虽能赏心悦目，但笔墨终是有限的。若人在泉边，画起来就不一样了。

那绿，好像随时会从画布上滴下来；枝间有鸟，你看一眼，好似耳边就有清脆的鸟叫声，从画布里传出来。那清风，更是从画布上扑面而来。哪有人画得出风呢，但是林木掩映一溪白泉，你看着，就是有风吹来。

有此感想，也是因为曾在泉边遇到一位画家。当我说起在泉边作画，真是享受，既清凉又不寂寞，他却说，不，画家不怕寂寞，泉水是好墨。这话在当时并没有当回事，如今想来，才能更深地领悟其中的奥妙之美。是的，画家不怕寂寞，怕的一定是画不活一座山，而山中泉，是好墨，是能画活一座山的好墨。

有一年夏天奇热，中午朋友叫我小聚，本来推辞，但未果。去了，朋友有意要怪罪一番，说："大周末的，这么热，你在家干什么呢？"我打趣说："这不来了吗？来听你说说风凉话，原来还真是清凉。"

我所在的海滨小城，一般家庭住户是少有人用空调的，因为这座小城冬暖夏凉，夏天最热不过十几天时间。最热的时候，其实我也不觉得热，窗开着，有风来，那风是我窗前的一挂流泉。

静心听风，风声似泉流，感觉周身沐浴在清清亮亮又清清凉凉的流泉之中。

我几乎每个夏天，要么在窗前，要么在很普通的偏僻的林间，总要静静享受清风的眷顾。那风，在我耳边，如泉淙淙涓涓。

王维的"明月松间照，清泉石上流"，被一代一代的后人喜悦着，我自然不例外，而且可以说喜欢到膜拜。每句就那么五个字，好像画笔轻轻一扫，就扫出一个意境来。不论其中有多妙不可言的禅之美，但这样简单的词语勾勒出的境界，只要那么美着，就足够了。

年少时，是并不懂得欣赏这种美的。直待在嘈杂喧哗的人海热浪中起起伏伏，才越发觉得这简单之中的深意和清凉意。

守一处清泉石上流，身上便会染上清凉，染上花香，染上鸟鸣。所以我喜欢这种"清风流泉"的意境，它让我能时时守一分静，静中珍惜一分清，一分凉。

也让我懂得，人一生，久处人声鼎沸之中，皆是自心不够清凉；如鱼游沸鼎之内，皆是自性不带清凉。若两耳清净，清风过耳，流泉入心；若两眼清澈，清风拂眉，流泉入骨。🌸

# |竹雪|

我不敢轻易去描写竹林，我只能通过我看到的影像，一边在心里描摹，好似会在心间长出竹林，一边驾八百里雪马任思绪飞扬，飞蹄溅雪而去。

我不是那诗人，我是诗人走过的草径；我不是那竹林，我是竹林深处的石径。

有这样的想法时，心里很静。

原本一直觉得自己想做那走高天云路的诗人，所行之径，留下一行行诗，让它们如野草生，让后来人一走过，就有草香的诗句绊他们的脚；原本我觉得我要做一林参天绿直的竹，我修定内心，拔节摘云，铺一条白云径，有人走来，每一步都能踩响一个韵脚，串串连成诗。

渐渐地，倒是觉得，我只是那草径也挺好，是那云径也不错。

我守着绿，守着竹，等诗人，等踩响韵脚的人来，多美。

草径的意象会经常出现在我的笔下，因为常走，走得一身粘满草籽。发间、指间、衣上、鞋上，都有。

这样，总觉得我走在哪里，风吹多么苍白的发，也会吹落绿生生的草籽，长一片草绿；走得多累，随处一停脚，鞋边就会吐出绿嫩嫩的草芽，生发一丛新绿。

但竹径走得极少，生活的地方，几乎不见竹林，所以每次回老家，在家门口野生十足的一丛细竹前，总是会出神许久。自然，笔下也极少多墨写竹，只能轻描淡写地向往着，美好着。

曾经自然也有生当为竹之愿，非有大志，不为什么高风亮节，只是喜悦着那竹的几分淡泊几分宁静之气韵。有风来，就传天籁逸响；有雪至，就守寂静清芬。

我是极向往竹林的，更向往竹林听雪的妙境。可惜北方少竹林，而竹林生之地的南方又少雪。

看南方某地竹林的介绍里有一段文字"冬日，翠竹镶玉，飞鸟啄雪，林寂坞静"，好生羡慕。我尚未见过南方的竹林，是我至今最为遗憾的事。

越是年长，越不想动，越走不出去，就想静在一个地方，任天在荒地在老。

我不敢轻易去描写竹林，我只能通过我看到的影像，一边在心里描摹，好似会在心间长出竹林，一边驾八百里雪马任思绪飞扬，飞蹄溅雪而去。

竹是能让人静下之物，而竹雪，就是静上静了。

曾坐于小竹林，雪飘得野性、轻巧，听得簌簌响，仿佛有人来。

"竹宜著雨松宜雪"，是，松雪见精神，见人内在格局。竹雨有飘举气韵、晔晔风神，所以动中有画意。而竹雪有任时光蛮荒只寂静在那里的力量，有孤意，更显孤美。

我想我向往的竹雪，就是为心中能有这样的境界吧。

"独坐幽篁里，弹琴复长啸"，是那一分竹静令人独坐生趣；"山际见来烟，竹中窥落日"，是那一分竹静，令人见素见美；"掩柴扉，谢他梅竹伴我冷书斋"，是那一分竹静，令人能安于一隅。

而雪再来，抱素守寂，天地一白，无心之心，妙契难言。

辛弃疾有词句"莫向竹边孤负雪"，虽是在他人寿宴上所作，劝七十古来稀当怀闲时闲事，虽然也有抒发不得志之悲愤，但是对于平常人来说，也不失为一警句。

那日雪，去小竹林，静坐赏雪。哪怕只片刻，也觉安逸。

喧哗里吵嚷了半生，浮躁里滚烫了半生，只是不想辜负人生一遭，赏得几回竹雪，洒然世外求静。

　　人生须臾，最难得的是，时时有这样的境界：片刻，小安。所以我崇尚的竹雪之境，也不过是为了让自己静之又静，生怕世事燥热，迷失心智，错失人生韵味。

　　我是走在飘雪竹径上的静心人，我也静成一条雪中竹径，待有人走过，留一行静的脚印，又被雪掩上。没有人知，但我知那印，印在我心深处了。

　　我是竹林云栖的一条小径，等一千年有人来叩响一个绿油油满怀欢喜的心扉，等一万年一场轻雪铺来洁净的往事。

# |可风可月|

远山初春早杏的第一枝，春风送来；往事里一
页温暖的诗稿，月色送来。行走间，天有云，风中有
香；坐与卧，心有安宁，常存喜悦。

想去江南小居半生。未去江南，心中苏堤离城远。岁月迁徙，
人生之地，行旅稀疏，但始终相信，一个人，也可风可月。

可笔下写江南，一笔一行瘦马蹄音，一笔一行烟柳画桥，一笔
一行黛瓦粉墙，一笔一行朱楼飞檐。就像我尊重的真正的诗人，我
相信即使他老得提不起笔，但他的一个眼神里，可能就飞出白鹭，
流出清泉。

心中有诗的人，写出来的是诗，眼睛流露出来的更是诗；心中
有江南的人，即使未曾住下，他走的脚下的每一寸路，都能踩出江
南的气息。

窗前总有清风客，窗前总会泊着月色。

远山初春早杏的第一枝，春风送来；往事里一页温暖的诗稿，月色送来。行走间，天有云，风中有香；坐与卧，心有安宁，常存喜悦。

那些走远的，是旧年红，一日一日淡，却让人一回首便尽是暖意；那些尚未来的，是湖水蓝，总是一步一个涟漪，将你的心事漾起。

所以，每一个寻常日子里，要相信，你闲窗白云深，总有人移来月影，到你一方素笺上。化心事为墨，在你忧伤发呆的时候，落笔在你的眉间心上。一风一月，都是你光阴的日历。

竹林听风，你幽思浩渺，听得竹风沙沙，似墨落纸张，有道不尽的衷肠欲诉。也许是去岁的一个诗人脚印生发的情思，也许是早春第一只光顾的鸟落在土里的鸣叫声拔节的故事。总之，你不知身在何处，却又恨不得忘了时间，忘了这世界大千。

不得不抽身而去时，走出几步，你耳朵里，会忽然之间，听得一声竹梢点地，那一定是竹，回你的深情款款。

你红妆踏雪，经一枝梅，或于梅前细嗅，或想着遥寄一枝梅香给远方，待你转身离去，走出几步远，忽然之间，闻到一缕梅萼清香，那一定是梅，回你的款款深情。

如果你是一个可风可月的人，请相信，世界会回你温柔回你深情。一路走来，人一生，黄昏风雨。到最后，人一个，水月俱静。

更需要一点可风可月的心意，与世不纠缠，坦然安稳。

人在世，争得多了，心就被塞满；吵得多了，耳朵就不清净；怨得久了，魂就散了；恨得久了，心就破了。很多事，可进可退，可好可坏，可放可收，可取可舍，一念间，两个天地。

所以，多抛一点名利、恩怨、纷争于身外，多留一点可风可月的闲情逸致于心中，便会活得更自在，更随意。

看一次漫山遍野的花开，感觉心里就满了，被花开满了，什么岁月长河红尘滚滚都渺小不见了。看一次纷纷扬扬的大雪，感觉世界就静了，被雪寂到静，什么熙熙攘攘你争我抢都卑微不见了。

能见的，是山，是水，是人生的山水长卷；是风，是月，是光阴的风月无边。

# | 长在心上的诗经 |

> 我自心上诗经里翻出的每一种浪漫的水草，每一声清喜的水声，每一株草木清香，皆是我烟火里的样子。

绿在眼里的绿，红在颊边的红，笑在唇角的笑，都是长在心上的诗经。

初春山中，看一回绿，浅草微风，低绿抬眼，你与之对视的刹那，惊艳一回，心里也就住满了一整个春天似的。那绿，喜气，自在，好似一冬的情话，被一个人焐热了，滴出水来。

因为在多寒的人生之冬里，仍持有一份天真吧，所以看这绿，是春酿的酒，风盏一满，人就醉了。这不是诗经吗？而那红，山上没有，你的颊边已开两朵，唇边是桃红似的笑。这不是诗经吗？

有些音乐是会长在心上的，婉婉转转，轻轻徊徊，娓娓如诉，似清风自然而至，又像雨打叶，带着点忧伤，但是那么美。

听着足以相信可以眷恋一生，那一定是从身体里、每个毛孔里长出来的音符。

心爱的人，也一定是这样，一定是长在心上的。长成平常日子里的烟火，也长成光阴里纯净的诗经。

轻轻唤她的名字，似是关关雎鸠一声；朴素的日常里看她一眼青青子衿，便悠悠我心；慢慢走过岁月，相依相偎，你投我以木桃，我报之以琼瑶。

心上长清风长明月，长白云长小径，有远方的诗人会走来，有花香会走来。我相信，这清风明月，小径花好，还有诗人与远方，都是人心上的诗经，透着一页一页的美好。

一庭一院，一花一石，是生活悠闲的一页；一茗一香，一卷一轴，是光阴开花的一页。听雨，看云，临风，待月，是向内丰盈的一页。

长在心上的诗经，让一个人身上，从此有了草木精神，纯情而干净。露水挂在发梢的青春，心上都长着诗经。

可以淋一场滂沱大雨，满身为一个人发情芽；可以笑可以哭，稚嫩的脸上可以小桥流水亦可以飞沙走石；即使鲜衣怒马，飞扬跋扈，也是一骑飞诗，不可一世。

青春的诗经，纯洁又忧伤。直待芳华迁徙，在一抬头望见的雁阵里，你才会低头回想，那一场青春，你是那么不舍与疼痛，疼在关照不够。幸好，那一场青春，好似走在诗经里，就不再生憾。

人间烟火是长在心上最温暖的诗经。

一直相信，自然的一草一木，都有故事；生活的一筷一碗，也尽是风情。一菜一蔬拥抱，一盐一酱调情，锅铲与油欢叫，三下两下，活色生香，碟碟盘盘里安家，烟火味里开清清爽爽的花。

我自心上诗经里翻出的每一种浪漫的水草，每一声清喜的水声，每一株草木清香，皆是我烟火里的样子。

我是希望，以纯粹的样子，活在世上，活在一个人眼中心中。长在我心上的诗经，不是鲜衣怒马，不是锦衣玉食，也并非不食人间烟火。

长在我心上的诗经，是一些细小的美，是石头的坚强，眼睛里浮起月色，春光染面，衣襟带花；是本真的真，是纯粹的纯，是霜降霜，白雪白。

闲情痴缠与君共

白云每天抚书，清风里静着尘外尘，不染世外世；

流水每天说书，白石上坐着落花秋声，安静地倾听。

山间岁月，明月穿着彩云衣，红莲照着清水镜，

你手执一卷桃花水响，一卷寒烟凝碧，

走在大地之上、深山之中最温暖的书房里。

# | 我的耳朵是一间房 |

我是那么喜欢夏日的花影。每每走在路上，耳朵里灌着人声、车声、蝉鸣声，我仍不觉得聒噪，因为路上总有花树，总有花影，清清凉凉，被风拂着，又似流水声，清幽解暑。

夏天的清晨，常会听到麻雀的叫声；冬天有雪时，需到雪化的午后，得耐心等，也需缘分，能在窗前听到麻雀梳理羽毛的声音。

鸟儿的声音里一定有歌声吧，细心听，婉转成曲。此时人的耳朵，如一间可以独享的演奏房，麻雀会来清扬一曲，清风会拨弦几缕，花香会舞动韵脚数枚。

因为在窗前的时间长，越来越觉得，我的耳朵是一间房。

在一株平平常常的花草前凝神，几朵欲开的茉莉，或团团簇簇欲绽的米兰，仿佛一刹那就要用满枝的花语推门而入，围坐在我耳朵的房间里，一句一句说给我听。

翻几页书时，诗词里那些动人的故事，主角早早地，不请自来，在我的耳朵里，嘤嘤私语。很多时候，我就那样坐着，我坐于寂静里，我的耳朵里，却热闹而美好。

想起作家王开岭曾在文章中提到的声音："耳朵就像个旅馆，熙熙攘攘，谁都可以来住，且是不邀而至、猝不及防的那种。从前，人的耳朵里住过一位伟大的房客：寂静。并非无声才叫寂静，深巷夜更、月落乌啼、雨滴石阶、风疾掠竹……寂静之声，更显清幽，更让人神思旷远。"

我非常喜欢这段描述，喜欢那一位伟大的房客。因为我知道，寂静之声，是禅之美，难以言说。明明周身嘈杂，但内在却自有一份寂美。能住进耳朵里的，永远是备受欢迎之客。比如唱进心里的曲子，声音悦耳，绕怀不去，你会觉得内心寂静，无限美好。

我们的耳朵是一间房，一生之中，它时时像一个旅馆，收留着各种各样的房客。

渐渐地，我们也许学会了闭门谢客，只将房间清雅示人，邀请心仪欢喜的客人来住。或一溪水声，或一窗月语，或一截往事喃喃。

对于耳朵这间房而言，最伤感的也许莫过于，我们古时的曲，再也没法飘满每一个角落了。比如马致远的散曲。

把一个俗世与雅事，写得那样透心，非常人所能及，再谱上一曲，在一个耳朵一个耳朵里传唱，悦人心神。有评说，其声调和谐优美，语言疏宕豪爽，雅俗兼备，词采清朗俊雅，而不浓艳。

难怪《太和正音谱》评其散曲为"如朝阳鸣凤"，又进而评说："其词典雅清丽，可与灵光景福两相颉颃，有振鬣长鸣万马皆瘖之意。又若神凤飞于九霄，岂可与凡鸟共语哉！宜列群英之上。"

我们的耳朵注定无福享受了。

我们的耳朵，现在只住繁华、喧嚣、纷争之声。只是偶尔会听到一些类似古时的曲，感觉它是从心里弹起，以一颗古意的心，以真意为弦，浅浅地奏进你的耳朵里。

虽然永远不知是否接近古曲，但抵达耳朵里的声音，却多了几分纯净、清扬。或许，这就足够了。

我是那么喜欢夏日的花影。

每每走在路上，耳朵里灌着人声、车声、蝉鸣声，我仍不觉得聒噪，因为路上总有花树，总有花影，清清凉凉，被风拂着，又似流水声，清幽解暑。

明明是熙攘之声，耳朵里却流着清泉，住着花影。那些聒噪，永远被挡在耳朵的房间之外。

秋声、冬语，因为少了夏的聒噪，更容易住进一个人的耳朵里来。

听一丝丝凉，感觉耳朵的房间里，秋风客、雪夜归人，说出的每一句话，都是暖的。我的耳朵是一间房，住清风，住明月，住花香，住光阴。

我听过名利的滔滔不绝，我听过金钱的喋喋不休，我听过命运的咄咄逼人，可是我的耳朵，清风开窗，花月挂帘，案几清幽，书页泛旧，能住下的客人，太少了。

但对我而言，已足够了。

润书的雨声，空山松子落棋盘声，花间丝竹声，月色翻书声，或带岭上白云来的人的笑语，结篱种菊的人的浅吟……我知道，拥有这样的客人，耳无尘，心素闲，得之是一生之幸。🌰

# |茶凉|

这个世间，什么东西是凉的？无人同赏的月色，衣上酒痕诗里字，空山落梅花，一页回不去的往事，两鬓的白，一盏人走后的茶。

不论月色，还是酒痕，或者梅花，总归是心境上看到的凉；而那些往事，及如雪的发，又是心思里触到的凉。唯有茶凉，仿佛只坐在桌上，不动声色，却让人只看一眼，凉便爬上眉间。

茶的凉，带着凄清孤冷的秉性。甚至只是一念这两个字，那些甜蜜的心事，仿佛一下子就凉了几分。

明明是约好了一起把一杯茶的光阴坐老的，明明光阴的壶里，茶还在煮着，一杯杯倒着，人不在，茶总会一杯接一杯地凉下去。

茶的凉，是一首诗缺了个韵脚；一个人缺了另一个人。但不管怎样，我还是喜欢这两个字。

我曾在一个深夜里看到海边木屋里的两个空杯子，生出无限惆怅的美。惆怅的自然是，杯子里本该是热茶，茶边本该有人；美的是，有些遗憾，有些凉，也许是另一场传奇，它让你从此行走带着一点凉，只是因为不曾忘了初心。

风雪夜归人的衣襟上，是凉，我希望它不是岁月的凉，而是茶的凉。归人归，那凉是可以再以一杯暖茶换下的，也是那凉，让他成了没有走失的人，是风雪几程，仍能归来的人。那个愿一直守着一杯茶凉的人，心里一直备着老茶，蓄着新火。

那么，茶凉了，我再给你续上吧。

爱的时候，能像一杯温茶，不热不冷，恰到好处，那是一种境界。但大多的人，都是过着过着，就把一杯茶过到凉。能续上的，不过是，还念着一点旧。但是，即使你凉了，我也不会忘记，为你续上，也是为了续上自己割舍不了的念。🌸

# |惊喜相窥|

原来，那一眼，也只需那一眼，花香在我身，我身亦花香。如此，才明白了，为什么那一眼里的玉兰，是诗，是春，是冷，是暖，是万万千，却又是、又仅仅应该是，那样的唯一。

一朵玉兰半开的时候，惊喜地遇见了，在惊蛰过后，在一条每天经过的街边。就那么一朵，如盟约一样，说好了要相见的。也似那些孤清的念里，有人穿春衫而来。

今年的春，一直来得迟，所以惊见这样一朵玉兰时，心底一阵欢腾。犹如不经意间，突然打开了一页春天，一朵花一下子开在眼里。

又急忙合上书页，仿佛那一朵花，是我偷偷窥视的，生怕被发现。而那一朵，也看了我一眼，它的香里，会不会有我惊喜的眼神？

这美好的，美好的惊喜相窥啊！

多少年里，常在春未至时就开始盼春。但每天依然安稳喜乐地生活——写点字，仿佛一个字，就是一朵花，一朵花，就是为了来世间见一个人；窗前侍弄朴素花草，仿佛一株花草，就是一片日月，一片日月，就是为了打开一段旅程。

那样一个人，那样一段旅程，都是早就安排好的。但仍会与某一刻，突然因为一件极小的事，或一个瞬间一个念头，或一次凝视，与之惊喜相窥。就如同今春薄凉里那一朵玉兰，是有邀约的，却又带着惊喜。

从此，我愿在每一个早春里，在我走过千百遍的路上，如一朵玉兰，薄薄地开，凉凉地喜悦着，等着与你惊喜相遇。

诗人周梦蝶有一首诗《行到水穷处》写相遇："像风与风眼之乍醒。惊喜相窥。看你在我，我在你；看你在上，在后在前在左右；回眸一笑便足成千古。"

周梦蝶写诗非常慢，说话也慢，下笔时，惜字如金，是我非常欣赏的。所以，由此，这一句"风与风眼之乍醒"，这一句"惊喜相窥"，曾一直盘桓于心，慢慢地，反反复复地品味领会。

那如风之乍醒的一眼，那"看你在我，我在你"的一眸，是需要什么样的内在世界才能领悟得到？由此也想到他诗集的名字：《孤独国》。只有孤独的灵魂，才能到此境界吧。但这孤独，我知道不是苦楚，相反是保有清澈、孤绝，持有柔软、温慈。

原来，那一眼，也只需那一眼，花香在我身，我身亦花香。如此，才明白了，为什么那一眼里的玉兰，是诗，是春，是冷，是暖，是万万千，却又是、又仅仅应该是，那样的唯一。这样相窥，才称得上惊喜啊。读古诗词越多，越觉得，好诗好词里面大多有着这样的惊喜相窥。

白居易《池上幽境》有句"石上一素琴，树下双草屦"，真是让人心神畅快啊，临池自在，看素琴是幽，再一眼一双草屦，那时触目所及的，该是怎样难与人说的喜悦啊。

范成大一首词写水乡春景，一句"芳草鹅儿，绿满微风岸"，那绿就是在回眸时扑入眼里的啊。人站在那里，绿随微风轻摇，小鹅绿成草，草也绿成小鹅，惊喜一相窥，早就到忘尘之境了吧。

多美，这一瞬间的惊喜相窥啊！若有人问起，春天什么最美。我会毫不犹豫地回说，最美就是惊喜的那一相窥，与一丛绿，与一枝红。

人与人相遇，一刹那，惊喜相窥，是最美的——遇见你的那一瞬间，如打开一页春天，就忽然，有一阵风吹上我的脸，有一片花色吻上我的眼。

# |孤美|

终于，对我来说，孤独是空山无人，孤美是水流花开。

人到底都是孤独的。

我的少年时代，恰逢遇到致命的挫折与打击，我有幸早早成为孤独的人。是的，活到西风惊绿时节，回想那孤独，是我的幸运。

我常一人躲到小山里，用一根狗尾巴草，挠脚心，痒着，笑着，满山无人语。如此，我更深地知道，孤独是什么。

对多年以后的自己而言，那份孤独，孤到绝，孤绝成美，始才敢说自己，天慧月心，清风流字。终于，对我来说，孤独是空山无人，孤美是水流花开。

在网上听到一曲纯音乐，名《孤》，曲中滴答滴答的雨声成线，

　　而埙声又幽寂凄苍，缓缓而出，淋在雨中。虽带着孤寂，却听的是美，是孤美。是三千繁华尽处凉到底，悠然婉转自生曲。

　　看有人在这一曲后面的留言，也多是被曲子中那份孤美所打动。

　　"天晚听雨声，孤灯话枕眠"，听者此时耳边早是雨声成曲，诉说的是自己一生的心事；还有人评论说，听此曲仿佛看到"在微雨天一个人对着细雨烹茶的景，岁月悠悠，孤傲无双"，好一个"孤傲无双"！一人成景，孤美如画，怎么不叫人心生傲然。

　　多年里，一直存着另一首纯音乐《一个人的雨》，我喜欢这个名字。孤美就该是这样的，是属于一个人的，再无他人，也无须有他人。

　　这个世界上，哪有不孤独的人。

　　"路漫漫其修远兮"的屈原，"山盟虽在，锦书难托"的陆游，"帘卷西风，人比黄花瘦"的李清照……更别说我们这些凡夫俗子了，我们大多数人的孤独，只是沧海一粟，终会化为轻烟。

　　而有的人，既能孤在"独坐幽篁里"，又能美在"明月来相照"；孤在能做得了"孤舟蓑笠翁"，又能美在"独钓寒江雪"；看一座山看到"众鸟高飞尽"，又能"相看两不厌"，自生美意。

　　是的，孤独是一种情绪，一种体验，而孤美是心境，是阔朗的大境界。"野渡无人舟自横"是孤美，"湖心亭看雪"是孤美，"空山松子落"是孤美，孤美的人或事物，都有着一份寂的秉性，一份幽的底色，更有一份豁然的心性。

如果说孤美是有颜色的话，我认为非"青"莫属。红红紫紫，喜气一派，自然不敢枉说孤美；白与黑，简而净，端的自是与世无争的底色，自然不好与孤美争长短；蓝或绿，是深邃于心的情，纯美的模样，难表孤美那份寂然。

这青是天青色的青，是男人的青。一个男人，把青染上江南，等一场烟雨时，他是孤独的，是冷清的，但谁能说，他不是一片青青冷冷复寂寂美美。那个女子，终会如淡淡的一场花事，打了油纸伞款款来。这青还是青杏的青，是女人的青。女人是薄薄的杏花开，不在意最终这一朵薄凉能不能结成一颗饱满的果，反正是要薄到薄，白到白，最终又守得青青涩涩，俏然含羞，孤美枝头。

每个人都是孤独的。一滴墨孤独了，会成为往事白衬衫上的污渍，却也可以孤美地，染开一条雨巷，或一句诗行；一封信孤独了，会千言万语无凭寄，终是皱成一颗心，却也可以不着一字，只寄些花籽，孤美地上路，春天也在路上，花籽若碰到，就在信封里发芽。

我选择做一个孤美的人。我知道，孤美是一条路，我孤独的脚印落处，必会开花；孤美是一部空白的诗集，我孤独的笔，必会开启芬芳的一行。🌸

# 世俗围屏

那山河如画，在一屏之外，由着四季一笔一笔濡染。人从中走过，踩过花香，心又一次一次地染上花的色，干净的色，那么在光阴的屏里，好似你挥的每一笔墨，都能起山岚，起水色。

我是喜欢过扆的人。扆，就是门和窗之间的地方，或者古代宫殿内设在门和窗之间的大屏风。

一扇门，隔开的不是尘世，而是尘世落在心上的尘；一扇窗，看到的不是窗外花乱开，而是山外松果落，白雪落满来路径；一道屏风，隔开的不是白月光，而是白月光一样的，忧伤。

我只想美好地写着，活着，我不能让自己忧伤。因为我的忧伤是大海一样大小而深蓝的泪滴，很矫情，是的，我不能这样对自己。

世间，能陪自己走下去的人，只有一个。要么是一个能与你亲近相爱的人，要么是自己。自己，是扆内人。

很多年前写过一篇随笔，很喜欢那个题目：《我与世，隔着扆》。扆，一直寂静地在我心里。若我爱，爱这个世界，爱自然一草一木，爱一个人，都应当是这样！扆在，我寂静地在。后来觉得这个字，太过生疏。还是"屏"好，屏简单，既能生浪漫心，又与世相隔。而"围屏"更好，除了隔开外面的世界，还围起自己一方小世界。

在世俗里，能围起这样一方世界，冷暖自知，相宜静好。

《看山阁闲笔》里在讲"围屏"时，开篇说：世俗围屏。围屏自然指的是可以折叠的屏风，什么材质，如何制作，不需去管。就看那么四个字，感觉世间的屏，古时的屏，都在一个"围"字。所以，只看这四个字，就觉得围起的是一方山水，一家小院。

一个读我文字的、非常虔诚的读者喜欢雕刻，发了一个观音的作品给我看。观音披了衣，又大气，又细腻，流水的线条成衣，又线条收尾，圈成一圈，像衣的涟漪，好像有无限禅意。

那身衣，包裹着观音，包裹起来是我根本想不到的，确实是有他自己的思想与境界在里面。我喜欢这一点。好像有太多的底蕴在里面，好好欣赏，更觉得有无限的暖意与禅意。真的好。

后来想，那就是世俗围屏啊！

阿桑发了刚写的一篇文章给我看，题目是《窗含小山》。一看惊讶，又惊艳，题目这四个字好。我记不得诗词里有这四个字，当然只记得"窗含西岭"，可是用这四个字做题目又太大了，因为是千秋雪在窗外，而小山，开了花，或落了雪，都好，简简单单，是俗世里的景，有着幽清的情怀。

这也是世俗围上一屏啊，再看窗外，小草小花铺满了小径，多好啊。就那么围了起来，有一屏，屏上有青山，有日月，有草木，有清风，自然也有俗世那些暖的爱的光阴，全在那一屏里。

"青山不墨千秋画"的墨，被人拿来画几笔细花，一定是在屏内。

那山河如画，在一屏之外，由着四季一笔一笔濡染。人从中走过，踩过花香，心又一次一次地染上花的色，干净的色，那么在光阴的屏里，好似你挥的每一笔墨，都能起山岚，起水色。

再看世间，隔着屏，就会觉得，容颜啊，目光在的眼啊，世上的眷恋啊，你只需那么看一看，都是缘。与一个人，再将世俗围屏，每日相见相安，相一世的兰生幽香梅生佳期。

# | 保养好你的微笑 |

当时不顾一身的疲惫，赶着去见这一树红。终于走近它，是野杜鹃，一朵一朵，薄薄的瓣，开得那么热闹，像一只只的眼睛，笑着看我。

少年好，好在韶华易老，他仍鲜衣怒马，爱到星眸闪耀。仿佛不管经年，都可璀璨微笑。

岁月渐深，一路走来，若一个人仍内在清澈，不惧不忧，自持从容与美好，所望来路，内在安稳，我相信，这时他眼里的笑，是春光，是千里莺啼，纷纷红紫。

所以，走过多远的路，行过多深的岁月，我们都愿归来时仍是少年。能携清风，邀明月，能五百年谪在红尘，三千里击开沧海，能依然安然明媚，灿烂一笑。

容颜会老的，爱会老的，藏都藏不住，保养都保养不好。而微笑，是一个人心底的光，是流泉，是精神上的气质，只要你愿意，你的眉眼间，总有青翠欲滴的时光，总有嫩绿如芽的清风。

一直相信，树开的所有花朵，都是情深意浓的笑。记得一年在春山之巅，看墨绿的松，有春风拂面，我知道，整个的荒山已满是笑意，因为花籽在来的路上了。不经意，看到一山沟坡上一树红，像火一样的红。其实不是纯红，是嫣红。嫣红惹眼，在春山里，红红火火似的。

当时不顾一身的疲惫，赶着去见这一树红。终于走近它，是野杜鹃，一朵一朵，薄薄的瓣，开得那么热闹，像一只只的眼睛，笑着看我。那一刻，好想抱起那一枝枝嫣红。我在便笺上写下一句"在这个初春里，你早早地开了一树的笑"，然后挂在枝上，寄给春天。

不被岁月的秋风抽空了魂，不怕世事的冬雪覆盖了愿，一棵树，默然迎接着风霜雪剑，一场寒里保养一整个季节的笑，所以才会在来年依然开花。

每到深秋入冬，便觉得要保养好自己的微笑。我知道微笑是花，是人身体这株植物开出的最美的花。

如此再添茶翻书，书上有古人扫尘。尘世也就晴了，暖了。然后把清瘦的往事摆上茶席，把花香虔诚地邀来，把白云，把清风请来作陪，好好地聊一聊，那些春天里的花事。

　　我知道，对每个人来说，人生的秋迟早会来的。身体的枝干迟早要脱尽繁华，一片片落叶覆盖着自己的人生。可是，落叶的离开是替树送一封信，路过你眉间的第一场小雪，早早为花籽送了信。

　　我只需保养好我的微笑，我知道，我光阴的信箱里，春水初生，花月同行，一封封信，莞尔见我。

　　人与岁月，与往事，与一个人，甚至与自己，最好能相安于日常。让心的宅门前，开一丛清喜的山花，名字叫"微笑"，风来几分明媚几分自在，雨来几分安然几分自若。请相信，保养好微笑，可过渡沧桑。

　　即使多少年过去，你一生经历怎样的沧海桑田，都不敌你那一笑，山花烂漫，山河故人，皆认得你。

　　人一生，踏过石径清露，别过孤亭霜叶，最美或许就是那么一刻，空山月凉思人时，月色给你包扎好尘世的伤口，你仍有保养好的微笑，在每一个平平常常的日子里，温慈，莞尔，一笑。🌸

# 十二月采诗帖

你在窗前发呆，还能看到光阴在诗行里走动。
就那样坐着，我是一个远道而来的采诗人，在尘世里
寻找我的春风词笔。

一日。昨日小城初雪。

下午四时许，忽见窗外飘飘洒洒，是初雪，初雪模样，我认得。

急忙整装，拿了手电筒进山，想晚上才下山，赶紧一路狂奔而去。

一山的雪，林间清绝，空山一人，正好。

前些日一直盼雪，初雪不来，我喜的所有山都是"空翠山"。

一山的翠，老到了深秋又入冬，没有初雪，这老翠会多么空荡荡。

今日上午，又飘起一阵小雪，是昨日我衣上带回的雪花，不经意抖

落的一般，如一场诗的飘洒。

二日。岁月渐深渐寒，转眼十二月。十二月仿佛是深山小院，

雪和白月光不请自来。门口没有脚印，偶尔能看到麻雀跳跃。很静，静到无声。

可惜无缘日日做这样的守静人，要不然便如冯杰在一文中所写的那般，坐在院里，门微开，"我常常恍惚碰到'诗经年代'的那一位采诗人，他穿着一袭麻布衣，柳絮如雪，执着一方木铎，蹚着缀满露水的车前草，正从我家门前匆匆走过……"如此，一冬采诗取暖，往事的炉火旁，围坐着三页新诗，两杯老茶，一味相思。

三日。以前读苏轼"几时归去，作个闲人。对一张琴，一壶酒，一溪云"句，心便悠然清宁了几分。好似我居之室，坐之处，是山林，闲风闲月敲窗，我只对琴对酒对云，心无杂念亦无杂尘。

多年后，无意中看有人将诗中的"对"字换作了"背"，不知是误写还是有意而为之，总之，这个"背"字，在如今的我看来，更妙。

在当下，能做个"归去"的人不易，所以决定去做，既需内在安稳，执念不改，还要有勇气，所以"背"字，是愿之生发，而坚贞以往。如此做个闲人，背上一琴一酒一云，何等潇洒。

四日。去爬山，在林间避风处，于厚厚一地枯叶里寻野花，说不定有一朵忘记跟着花朵大部队回春城过冬，依然在这林间幽处悠然地开着。等的是我吗？

我拿一树枝，画了一足够大的小院的地盘，写上春风宅，因为那里要开好多花。又在一旁画了小小一块，是我的，我把门口的位置留得很阔，等着春风家的花跑来坐一坐。

五日。翻书时，竟发现一只小飞虫，很小，不知是哪行诗句里飞出来的。我就好奇地在书中找，看看哪首诗少了一个字。

六日。很欣慰，我居住的小城，几乎天天能看到蓝天白云。城市小，三面环海，又工业不发达，成全了这座小城。人的心，也是一座城吧。小点，落后点，挺好。

城市如果缺了自然的气息，该是多么单调与空洞。看云看水，这本是自然给我们的权利。所以，有时我还会胡思乱想，天上的云去哪儿了？山上的水去哪儿了？被去向世外的旅人装在行囊里带走了，被精神上的富翁买走了。

七日。中午饭后，看少许《聊斋》，竟睡得很香。正好读到《婴宁》篇，梦里无咻咻笑语，睡醒头痛减轻。连续数月熬夜，甚至连年熬，又几乎无午休，这身体是绷紧的弦，弹不得什么吧。

翻书，看一句诗"隐士静宜荷作侣"，略停顿，感觉安稳带着喜气，每年荷陪着那些隐士听雨打声声响，又到秋，结了莲子，像一个梦，睡到冬天里。那么安静。

八日。早晨一场大雪，纷纷扬扬，铺天盖地。一个时辰，雪停，大太阳出。起床见大雪，眉开二度暖。

看我以前在书上画的曲线的句子旁，写着一句"得把一颗俗心焐多久，才能将一首诗焐热"。

下午有闲，读了几首诗，写一首《遇到你的诗人》：

> 我在一个字一个字上扫雪，
>
> 我在一笔一画里种草籽。
>
> 等风来摇绿它的叶子，
>
> 你顺着一行草径，
>
> 遇到你春暖花开的诗人。

九日。窗外又有麻雀叫，一到秋，一到雪落，窗外偶尔能听到麻雀叫，像一首歌。

不由得开始羡慕小小的麻雀，也许从古至今，它们唱的曲子从未改变，一直传唱千年。再细想，这首歌，不知到底是什么词什么曲，那词曲又是谁作的？

十日。"晚来天欲雪"，过山径在那小亭子里眺望四周，想何止是天呢，到某一光景，人心下之境，也是欲雪天气。那一刻，在盼雪纷纷片片落到我的身上，然后，好似听到一个人在背后说：他是世界上一个追求寂静的人。

十一日。连续两天早晨早起，今天想中午得午睡一下。看了几页《聊斋》，又进入梦中。醒时天地一白，天窗盖着一层不厚不薄的雪，像睡在雪窝里一样。

醒时记得有梦的片段，一个人在城市里穿梭，见一熟悉的身影，便追了去。结果走了很远的路，梦里还发诗意的感叹：人到底活着活着就再无一场舍生舍命的旅行了。在梦里，我还在想，根本没有"舍生舍命"这个词，但好像再也换不了其他的了。醒后去搜索，竟也有人这样用，却总计不过三四条信息。这是后话。

接着回到梦里：最后去了一个民俗村，不知谁在世外的地方建这样的一个小村。是真正的小村落，茅草尖屋顶，有的还在建。

一个人走来走去，然后看到三位从未见过面的老同学，然后与他们比武，有一个同学说，我的武功一招一式是潇洒的字体，可以申请什么。我嗤之以鼻。

醒后想，梦永远是故事或小说，而非一篇散文，或一首诗。难得有梦的片段，所以珍记之。

十二日。听说小偷惨了。有人总结，看着川流不息的人群，小偷哭了！无现金的生活，让他们无从下手。几乎人人都不带现金出门，一切都靠手机支付。

可是，可是时间是个贼啊，我不知时间都去哪儿了；岁月是个神偷啊，偷完父母的黑发偷我的。那么，我用善良、用感恩、用温柔、用真诚、用美好，来支付，时间的贼也好，岁月的神偷也罢，是不是终会失业？

十三日。几年里每个冬天都是薄衫薄外套，写过"为了惹一点凉"，因为喜欢那种感觉。凉而知暖，暖的人，暖的往事，从此都不会在生命中凉下去。

十四日。写作为了什么？有时为了找到自己，找到那个还不曾遇见的自己，找到那个最像自己的自己；有时，也为了把自己弄丢，把自己丢在诗词里，把自己丢在草木间，把自己丢在，你的心里。

十五日。今天是小雨雪，雪里有雨，好像是小雪豆一样，可落在地上，又不见的。听朗诵里的一句诗"庭空响落山松子，路远香迷野草花"，我听得不清，于是借诗人的耳朵，细细听，结果听成了：听空响落山松子，露月香篱别草花。我觉得也挺好，松子落，空山不空，别草花，香篱依旧香。好似一个人出尘的境界，从容而自喜。

十六日。又断断续续飘了雪，好像一个诗人的灵感，虽然不完整，但依然很美。从中采几朵，回家安插于一张泛旧的笺，开出温暖的往事来。

十七日。有一朋友，十几年写了浩浩十部长篇，一部也未出版。可是继续写，不管窗外是风天雨天雪天。后来出了一部，接着像开花一样，一部连着一部，而且又写了剧本拍了电视剧。

一个人，一生坚持做一件事，很不易，就像打坐的僧人，日复一日，远山水流花开，面容依旧恬淡，但手头终会木鱼敲出花声。

十八日。前些日子，无事写一联：花发发间如涧水流，风清清眉若梅枝幽。对对联没研究，也不曾写过，所以只是玩玩。先起了上联，后很快有了下联。今日又读，抛开下联，再由上联起句作联，却觉得怎么也对不出来。

十九日。窗口木椅下有落尘的杂志与书，多是旧年的。轻轻掸尘，抚摸。有些书是很久前从书摊上淘来的，一本一本，这里那里，路遇的，特意去的，虽然记忆模糊，但是想的时候，还是感动了。

也许这个世上再也没有几个旧书摊可以让人停步，蹲下，轻轻翻阅。身边人潮人海，两耳寂静，满眼芬芳。唯有书香，眼睛可以看到啊。

二十日。米兰花小得让人怜惜，似小黄米粒大小，一串串，散淡淡的香，若兰气息。每次于窗边小坐时，其香淡淡袭来，在这个寒冷的十二月，它的香似乎也带了温慈的暖。

二十一日。我总觉得，我借逝去的光阴开了一个古董店，那里收藏着一些旧物，或有人丢失的美好事物。在那里，月亮很旧，风很旧，花枝也旧了，总有一天，有一个美好的人，来失物招领。

二十二日。小时特别爱吃糖，喜糖衣，夹于书页间。长大后不吃糖，只是觉得，人都是苦的，吃糖会留恋。我几乎不吃甜食。但我知道，一个人有了美好的一颗心，光阴与另一个人，就是他的糖果。现在不吃糖，但特别喜欢甜甜的感觉，一首诗读得唇齿生香，诗就是甜的，早春的风忽地扑在脸上暖暖的，早春的风就是甜的。因为光阴不曾辜负，因为有对这个世间的爱，我觉得我们每个人都可以是一块糖。像春风里，烟里丝丝弄碧；像春风里，花开甜甜的蜜。

二十三日。无意中看了一篇陈凯歌电影《妖猫传》的评论文字，了解到为了拍出大唐盛世，二〇一〇年，陈凯歌在襄阳组建了一个美术团队，又联系当地政府出资，花了四年时间，建了一座与古籍史料记载同样规制的长安城。

陈凯歌曾说："唐代文化包罗万象，光是居住在长安城的诗人就一万多，是很多文人的心之所向，所以我不想在我的电影里使用绿幕，我花费六年种树，等这些树都长起来，郁郁葱葱，我要给大家一个真正的唐城。"

有评论说，且不论构图的讲究，运镜之繁复，单看长安城种种细节，胡旋舞昼夜喧呼，长安城灯火不绝，烟花酒池放纵，行人如织风月，那么重、那么艳的服装道具，搭配起来竟然天衣无缝，不多一分，不少一分，正是那个艳绝古今的大唐。

为拍一部电影，造出一座唐城！为这一点，足以让我买票去看，去看正史野史，看诗人歌哭，看城池宫阙雕梁画栋间悬疑探案、文人佳话、历史谜团。

二十四日。去办事，特意走路。风吹面，吹不散眉间两行低雁，日日寄与尘世行走的诗笺，温慈一眼，明媚一眼。走在冬天里的人，才会明白，人生终是留春不住，何须费尽莺儿语，且共从容，雁子回时，或许会带来远方日上花梢的消息。

二十五日。看着窗口的雪，竟觉得暖。晴雪像一首诗，发光的诗，诗行里走着阳光。

你在窗前发呆，还能看到光阴在诗行里走动。就那样坐着，我是一个远道而来的采诗人，在尘世里寻找我的春风词笔。很多时间奔波过后，就为了这一刻，我采得几行诗，喜悦自在。

二十六日。看一新闻视频，患严重肌营养不良症的汪玉婷，全身只有双臂可勉强移动五厘米。坚强的她立志成为一名画家。她利用这五厘米，每天移动着朝自己梦想的方向"走"去。由于身体缺陷，常人几天能完成的一幅画，她却要画几个月，甚至几年。

她说她羡慕过蚂蚁、苍蝇，因为它们自由自在；羡慕过白云，因为它们能飘。也许我们曾羡慕过白云清风，但蚂蚁与苍蝇，几人去羡？

几年前很痛心地总结过一句话：耳朵听不见了，什么声音都好听；没腿了，什么路都是好走的；眼看不见了，什么人都是好看的。

我们只有失去后，才知拥有的珍贵。应当好好珍惜，因为你所拥有的，每过一分钟，就逝去六十秒。

二十七日。很久以前头痛，撞墙缓解，总感觉是要撞开一扇门似的。不知是什么门，一切都是未知。如今不，如今痛就痛着，任它痛。

去做事情，一片片的米兰小叶子，端盆水，百余片，清水手拭；或洗衣，听水感觉水；翻以前的旧书旧杂志，每一篇文章都会看作者的名字，向他们问好，人老在那些过去的光阴里，情怀也老，却是温暖的。

二十八日。好好地过好每一天，珍惜一点，轻松一点，快乐一点，自在一点，人生不就是从这么些点开始的吗——点动成线，线动成面，面动成体。

二十九日。一杯水，杯水知名淡；一盏茶，盏茶知清欢。

回归内心，删繁就简，兜兜转转的人生，悲悲喜喜的年华，活就活一分从容，十分喜悦。要从手指间，触摸那瘦的光阴；也要从素手一汤里，看到岁月风香。

三十日。也许好多年以后，我用一只长满尘世老茧的手，从一块石头里抚摸出阵阵松涛，从一个泥罐里捞出旧时月色，我知道，我还能遇见美好，不会再生梅花落满南山的遗憾。

三十一日。在这一年的最后一天，似乎要说的很多，却又觉得一切都说过了似的。

那就与旧时光相别相离，与新一日相知相惜，珍重同行。仿王寅《朗诵》一诗，作一首，取名《一个诗人》：

我不是一个可以把诗篇写得

使每一个人感动的人

我不过是想用一颗诗心

感动我用一行行诗句围起的篱笆

感动我用光阴的韵脚搭好的小桥流水

感动我用厚厚诗稿建成的一座春天的小村

感动我自己

这样我会相信风雪夜总有归人来小村采诗

谢谢大家

谢谢大家冬天仍然爱一个诗人 🌹

# 怀抱残素

秋天总是浪漫的，像一个怀抱，那些落了香的花，
铺了路的叶，你走进去，就感觉被这些美丽过的事物
抱在怀里一般，而生出无限柔情来。

秋有个昵称，叫残素。

残本来就残酷，想想一春一夏，那些绿的叶、红的粉的黄的花，
就这样一瓣瓣凋零，怎么不残酷呢？正心下心疼，还好，若心有香，
花的开与谢，便从容多了。如此，总有一颗素心来照料。这一残一素，
至少还保留着一朵秋菊般淡然超然的怀抱。

春天坐拥开花的权利，夏天声张葱茏的义务。予取予求，养下
冬的古老身份。中间坐一秋，一秋石上水，潺潺过村村。

一村一个怀抱。守素常日月，日月可明心。

元代徐再思的《水仙子·夜雨》有句："一声梧叶一声秋，一

点芭蕉一点愁，三更归梦三更后。"

秋的残，是梦；秋的素，是寂静。可还愿意在三更后，怀抱着未来的暖雪晴日，怀抱着一团墨色的夜。

秋天就是个怀抱，抱着果子，抱着枯叶，抱着小雪节气时的歌谣。

多少个节气之后，还能见初心如秋妆，还能见初雪映脸庞，人若能怀抱这样一分淡然，便没什么可忧惧的。

秋虫声声慢，红果落落迟。秋天总是浪漫的，像一个怀抱，那些落了香的花，铺了路的叶，你走进去，就感觉被这些美丽过的事物抱在怀里一般，而生出无限柔情来。

心到底是软的，像看到初春第一朵白玉兰，如今在这一份残里，才懂得光阴的刹那，是如此凌厉，叫人软了又软。

人一生，若终是到了秋，那就怀抱秋的明净，与一分从容一分淡然，去感受光阴落在心头的香。一生走得缓慢，走得从容——残了叶，残了花，素了心，素了容颜。

然后，你裁了纸，裁了一片月色，以诗以情回眸。往事几般般，有小雪悄悄经过窗前，你不来，老酒依然温着，一直温到心头长出一园子的好花，与光阴相约，饮酒花前老。

# | 此心陶陶，乐尽天真 |

我觉得我不是在写作，我只是在做天真、甜蜜的梦而已。

读者潇湘雨某日留言说："喜欢你字中美好，能遮去这现实的凶残泥沼。"

我着实被她说的"凶残"惊了一下，是因为，这个词冷厉，像世象的风刀，一下下砍向柔软的心。仿佛将前尘与去路，都砍得稀巴烂，面前一路泥沼等着你去蹚。

禁不住回望来路，青春是蹚过的最泥泞的泥沼，甚至感觉一路的断崖，一路的飞刀，想得大气不敢喘。曾迷惘、曾失落，甚至迷失、消沉；曾被现实的荆棘绊倒捆绑，遍体鳞伤，曾被苦难劈面砸来，血肉模糊……越想越怕。

　　回过神来，我庆幸，我有一颗尘世里的心，仍愿与世界美好相待，天真不改。而且不管怎样，我都会天真地相信，有美好，可遮这世俗风雨与无情的泥沼。

　　此后，心里禁不住牵挂那些柔软的心，盼有很多美好的人能——为这些心，细细爱护，妥善照顾。还写了几句话，存了天真美好的愿——为你披上爱的盔甲，为你挡时光的箭啊。然后解甲归田回家，种荷听雪光阴开花。

　　解的什么甲，归的什么田？不过是退一步红尘，避半世俗念，留点天真，与光阴与美好的人与山水草木，掬诚相待。如此，你的天真，在平常安好的岁月里，桌上、书中，皆可种一池荷，听一场雪，你手上的光阴，皆可开花。

　　几乎很少谈写作的事，对于我来说，写作是一个人内心的甜蜜事，我只管忙着在心里种清风种明月，还要忙着去月亮上种花。

　　我觉得我不是在写作，我只是在做天真、甜蜜的梦而已。我笔下无词，我笔下的词都去了它要去的地方。

　　一个词开成了人面桃花，一个词长成了桃腮柳眼；一个词明成明月松间照，一个词清成清泉石上流；一个词掬水月在手，一个词弄花香满衣；一个词织成江南烟雨，一个词撑开油纸伞；一个词大雪纷飞，一个词爱上风雪夜归人。

　　我在一个词上，就爱遍了一整个春天；在一个词上推窗，就看到春暖花开；在一个词上，即使大雪纷飞，顺着一笔一画走，就走到诗经，就遇到你。我愿如此天真，陶然其中。

　　苏轼为政治纷争所困扰，为不得志而郁郁寡欢，作《行香子·述怀》，思索人生，感叹人一生只不过是"隙中驹，石中火，梦中身"一样须臾即逝。于是，也自我调节、劝慰，"且陶陶、乐尽天真"，并生发心愿"几时归去，做个闲人。对一张琴，一壶酒，一溪云"。

　　其实，我为这样想"乐尽天真"的苏轼而高兴。

　　人生争不得一天一地，吃不尽一山一海，不过留有寸土乐园，珍惜寸金寸光阴，且把一颗心，过成另一种人间，何乐不为？

　　岁月的一张琴，光阴的一壶酒，人生的一溪云，因一分天真，而得十分乐趣。我是希望如此活一回，不管生活要历经怎样的磨难、坎坷，我都将心存一派天真，自然、从容，怀美好愿，做美好人。

　　愿——人生行走，路转长溪。闲时坐钓，几竿光阴。山光含月，花影入松。此心陶陶，乐尽天真。🍢

# 低低朗朗小眉弯

你坐在那里，光阴画你，一笔一笔，轻轻扫过，
低低朗朗小眉弯，便尽是风情，尽是美意。

低朗，没有这个词，是我造的它。

这个词的中心字自然是"朗"字。朗，晴朗，明朗，爽朗，有一种美好的光与胸怀在里面。一个人心情晴朗时的喜悦，若细心感受，会觉得特别特别美。但这时，又不过分表现，只是自己知道，存在心里，可能嘴角会有浅笑。那种"朗"明明是珍贵的，甚至是高贵的，自己却低低向下，向内，内敛含蓄。

所以，低朗，就有一种浅浅的欢喜的意味了。既然有常见的词如"稀朗""疏朗"这些类似的，我想，低朗，也不算是牵强附会或过于生硬晦涩吧。我在不知不觉中，用了很多次。

例如：低低朗朗小眉弯，萦萦回回小篆香。

例如：多好啊，衣襟带花！任时光老去，自带一分心气，低朗，明净，婉约，仿佛一段秘而不宣的心事。

例如：看荷人，必是低低朗朗地喜悦着一池荷，于平常繁忙之中，心里抽出一朵菡萏，脚底生出一缕荷风，找了闲，带了心，欢欢喜喜地去了。

每次写到欢喜时，总是禁不住会用上"低朗"一词，但手指敲打键盘时，却敲不出这个词，才想起需先敲一个"低"，再敲一个"朗"，它们是我安排在一起的。禁不住会心一笑。

而与之相依相偎的词，我最喜欢的便是"喜悦"。喜悦的心，是蜜，是花色，那种美好感足以让人欢叫，却深挚于心，嘴角一笑，眉毛一弯，知这喜悦的好，就够了。而表现这种喜悦的，我又最喜的是"小眉弯"。含蓄的女子，在古画中，总是低低羞羞模样，头略低，眼神浅浅地溢着几缕亮的神色，细看眉毛轻弯，说不尽的风情。

读唐太宗李世民的诗，发现他诗中用了很多"低"字。比如："袍轻低草露，盖侧舞松风""乔柯啭娇鸟，低枝映美人""圆光低月殿，碎影乱风筲"。

我没有查资料，也不得而知，作为一国之君，李世民是不是独爱这一个"低"字，但从出镜率如此之高的情况看，他定是对景对人，都把这个"低"字爱到骨子里了吧。所以，他才能文治天下，虚心纳谏，厉行节约，劝课农桑，使百姓能够休养生息，国泰民安，开创了中国历史上著名的贞观之治。

为人低朗，浅喜眉弯，如升朝霞，自有大视野、大境界。

古人对人体的"眉"大概是最偏爱的。相传为汉代蔡琰所作《胡笳十八拍》中有句"攒眉向月兮抚雅琴"，实在是美的画面。为什么不是玉手，而独独攒眉？

魏晋时期傅玄所作《有女篇》读来唇齿生香，会让人禁不住"美哉美哉"地称道。此篇写了女子的容啊目啊眉啊齿啊步子啊衣啊，但一开篇，说此女"步东厢"，"蛾眉分翠羽，明目发清扬"，一亮相，便笔墨在眉目。也可以看出，这眉之重要地位吧，正是眉目传神，第一眼便足以打动人心。

据相关资料显示，古人诗句写到"眉"字的，多达千条。

眉的美，诗人常会找喻体来打比方。但正是因为眉的美，眉又从本体到了喻体。很出名的便是北宋王观的《卜算子·送鲍浩然之浙东》，读来让人眉目生情：

水是眼波横，山是眉峰聚。欲问行人去那边，眉眼盈盈处。

才始送春归，又送君归去。若到江南赶上春，千万和春住。

想想吧，那水像美人流动的眼波，山似美人蹙起的眉。你说美不美？想问行人去哪里，到山水交汇的地方。读至此，人好似也跟着去了那"眉眼盈盈处"。末句的"千万和春住"就让人心里的欢喜，止也止不住了。

人能修得低朗的境界不易。低朗，一部分是自然的心性，一部分是后天的心境。

草木低朗，其绿其红其芬芳其落败，都是落落大方的风姿。人难脱世俗百般困扰困顿，难放下百种纷争追逐，更难退一步慢一点，而得喜悦时也难淡然视之，常忘形而失心。

一颗清露也许就是草木的眉眼，高悬的细月也许就是往事的眉眼，一个词在那一行诗里看你，也许就是一个人的眉眼。

低眉在世，自在于心，清欢于心，眉一弯，微风细草也能开花，夜一黑，一弯月是灯，照亮花朵，照亮风雪夜归人。

你坐在那里，光阴画你，一笔一笔，轻轻扫过，低低朗朗小眉弯，便尽是风情，尽是美意。🌑

## |听香|

听香，原来就是你的心境之地长了耳朵，那一声香，让你的耳朵有了一场别有韵味的遇见，带着温慈的美。

　　第一次知道"听香"这个词，绝不是在开始学着附庸风雅一番的年代，更不是知道文人雅士书房取名"听香斋"之类的，自然也不是在苏州园林狮子林看过"听香"的题额。

　　我知道这个词很早，在我 0.1 岁或者 0.5 岁的时候，应该就知道了。甚至在我还没睁开看世界的眼睛时就听到了，因为耳朵是打开的。当然这只是夸张了。

　　事实是，在我还没有记忆、不会说话的小时候，我一定早就听过"听香"这个词了。

　　是我们家乡的土话，"闻香"说成"听香"，比如"听听这菜香不香"。我曾觉得我们的土话太土了，太没有"文化"了，香又没有声音，耳朵怎么能听到呢？

我大概在上大学后，就再没说过这句"土话"，只要一回到家乡，这"听香"一词，就无处不在，顿顿饭都离不开。

清代画家张问陶有诗："早听时务夜听香，镇日茶瓜习送迎。洗耳已无清涧水，到门恰喜卖花声。"

说的是每天早晨听当世的事务，夜晚听着卖花声，好似闻到花香，整天喝茶吃瓜，习惯过着送往迎来的生活。可是不愿意听那些世俗杂事，想用清水洗洗耳朵，却已经没有清涧水，可喜的是卖花声送到家门口。

其实对诗中"听香"的解释，我是参考了资料，但就我个人而言，我还是宁愿将其理解为一种生活姿态，不论是花香，还是墨香，能让人心悠然从容，不理世事，沉浸于自我的世界之中，这时的香，一缕缕在飘着，仿佛耳朵能听见一般。

同是清代的李慈铭为其友叙云所画《湖南山桃花小景》题诗："山气花香无着处，今朝来向画中听。"读来妙不可言，从画中听山气花香，这样的人，内在自有乾坤，是在世最美的姿态了。

明代"吴中四杰"之一的张羽，为凉亭取名为"听香亭"，题诗云："人皆待三嗅，余独爱以耳。"

查得此资料时，觉得这样的想法甚是可爱。这样的亭，人坐其中，听一壶茶香，或一池荷香，该是何等逍遥自在。当然从查阅资料得知，在我国哲学著作和佛家典籍里，早有"六根互用"的说法。

金庸武侠小说《天龙八部》回目名称诗词，《其二·苏幕遮》中有"水榭听香"句，也是阿朱的居所名称。

多么让人艳羡啊，临水而居，听得水声如乐，缓缓流进心田，于静谧中，自然也听得到花开的声音，闻得到香气。尽是自在悠闲，一派天真之趣。

香要闻，要嗅，要尝，要品，用听，却真的是别有韵致的。

我觉得对"听香"的理解，应该有此二类：

一是听到与香有关的声音，比如开花声、卖花声，就会因美而产生美好的联想，耳朵里听到这样与花有关的声音，自然而然会感觉闻到了花香；二是香本身好似有声音，因为静谧，因为心存美好，能听到那香在飘动，虽然看不见，耳朵却又似听得着。

我是特别喜欢这样的描述，不管是听到与花有关的声音联想到香，还是花香本身是有声音的，都是非常好的心境。

试想，巷子里突然传来一声卖花声，你枯坐窗前，耳朵里会不会一下子开出花来呢？试想，那些个夜晚，你案头一枝荷也罢，一枝梅也罢，静静守着你，你在一抬眼间，看到不知什么时候，花已初绽，你是不是仿佛听到花香在屋子里飘走着的声音，你是真的能听到香的。

香到骨头里，鼻子能闻见，耳朵能听见，眼睛也能看见，我相信是这样的。听香，就是你的心境之地长了耳朵，那一声香，让你的耳朵有了一场别有韵味的遇见，带着温慈的美。

从一枝冬窗下的枯枝上，能听到香的梦呓；从初春绽出的第一缕香瓣上，能听到香的私语；从一幅画的山河里，能听到香的浅笑；从一缕墨的走笔里，能听到香的脚步声……这样的人，心上长着耳朵，细腻而美好。🌸

## 以诗人的身份

若一个词住在小村里，一个韵脚便去了村外小桥流水边。你翻开泥土，诗意免费取。所以住在小村里，诗人总是能写出纤尘不染的诗来，读得人甜蜜喜悦。

你去哪里？去见小雪。你在等什么？在等待月亮。

独坐静处时，常常感觉心里有对话，是一缕风在问，或一片花香在问，我欢喜回答。在我心里，我觉得，去见小雪，等待月亮，都是平平常常日子里很美的诗。是一个人身体里、眉目间放飞的美丽的诗句。

在我诗意的天气里，我会这样预报：今晚有小雪白月光，适合一个人或两个人去走走。所以，那天傍晚，知道今年的第一场小雪要来时，早早地沿山路走，每一步，好似都走得那么温柔，走得那么洁净。

与小雪相见，等月亮升起来，是一种缘，我相信，以诗人的身份，总会见到等到。叩响大自然的门时，若欲让我亮出身份才可进得来，我便回说：我是个诗人。

我以诗人的身份，与自然相见，我想，自然的一山一水，一花一草，一风一云，该认得我，认得我是故人。所以我见野花半坡，好风似水，每缕花香每片风，都载云载歌载往事；见一石一溪，随落花落座，能安于一心，听流水说书；见竹径引路，秋色照衣，随意走走，静日小年般。

也许，以诗人的身份，我们才能走进自然的山河长卷、人生的山水册页之中。当下能住进小村里的人，一定是以诗人的身份。在诗人的小村里，白云是炊烟，鸟鸣是花籽，流水琴弦，花香润笔，任你写，写一行，一行成韵。春天的时候，你早早地把花写开了；冬天的时候，你又把一场初雪写香了。

若一个词住在小村里，一个韵脚便去了村外小桥流水边。你翻开泥土，诗意免费取。所以住在小村里，诗人总是能写出纤尘不染的诗来，读得人甜蜜喜悦。

以诗人的身份住在小村里，过着平平常常的生活，每天与花红草绿为邻，与桃腮柳眉相见。活在世上，也许我们有很多身份，如果可能，我只想留下诗人这一种。

　　我知道我写不出能让每个人都感动的诗句，但那些草木纯情的眼睛感动了，窗前花香月色倾听的耳朵感动了，光阴里一页空信笺的心感动了。

　　其实我是以一首首的诗，假想了这一段一段的光阴美好。但我相信，总有美好的人在一首诗里等待，她知道明年春天该是生命中最绚烂的一个春天，湿润的，像夜露打湿的花。

　　你要和一个美好的人出去玩山玩水，要牵着一个人，就那么走啊走，如此在那些好风好月的季节里，你因一个人在身边，便感动成一个真正的诗人。我相信，以诗人的身份，去见一场小雪，等待月亮，一定是你人生中最美的故事。🌹

# ｜往事六帖｜

往事有时是一个动词，是纸上忽来的嗒嗒马蹄溅花；是忽一夜春风，千树万树梨花开。

1

往事有时是阳光，走来走去，暖暖地照着花枝；有时是风雪夜，无归人；有时是野渡无人舟，自横天地间，你突然不知登舟去哪里。

2

往事有时是一张电影票，每天上演；有时是一张旧车票，每天都在开；有时是一枚书签，夹在猛虎与蔷薇之间；有时是一页诗，你不一定每天走，却在那一行行里走了一生。

3

往事有时是长了脚的风，是会飞的一句诗，是路上一个陌生的人的笑，是一首音乐里掉下来的一个音符。往事有时是千军万马，人潮人海；有时又是千山鸟飞绝，万径人踪灭。

4

往事有时是一个动词，是纸上忽来的嗒嗒马蹄溅花；是忽一夜春风，千树万树梨花开。往事有时又是一个安静的名词，是一朵青荷，或一枝亮梅；是一个泛旧的日期，或一个温暖的名字。

5

往事有时是烟销日出不见人，欸乃一声山水绿，你知柳边泛清波，眉边开春花；有时是去年今日此门中，人面桃花相映红，你知逢面识得春衫色，迎面是他桃花风。

6

往事有时是眼里放飞了春风跑了十里，心中升起云和月走了八千里；有时是走过小桥流水终于见到人家，过了二十四桥终于来到明月夜。

# |浪漫|

守候一个人的时候，更浪漫。这时的浪漫可能是诗三百起句，然后一笔一笔，一行一行，种下一条等待的路。

人一生缺了浪漫，就如花枝缺了春风，眼前好景缺了一个同赏的人。

感情里的浪漫，自然最旖旎动人。深爱一个人，浪漫简直就是铺天盖地的架势，好似心头掘开的一眼泉，汩汩而出。

所以眼中看到的，都是心上念的那个人——江南的渔舟唱晚，是你；北方的炊烟披霞，是你。节气的白露为霜，是你；相守的明月青瓦，是你。尘外的山林花涧，是你；人间的小桥流水，是你。你爱的红妆妖娆，是你；我喜的春风十里，是你。你陪的红袖添香，是你；我奉的花茶水墨，是你。

守候一个人的时候，更浪漫。这时的浪漫可能是诗三百起句，然后一笔一笔，一行一行，种下一条等待的路。

——那么就让我，就让我，为你种下行行荇菜，窈窕淑女走来；为你种下颜如木槿，佩玉琼琚嘤嘤；为你种下一丛丛竹，伴你红袖掩书；为你种下桃之夭夭，灼灼其华偕老；为你种下二十四桥，宅边流水人家；为你种下野草花路，一任群芳妒。

爱情里最高的境界，我认为是自己和自己谈恋爱，这是一个人独一无二的浪漫。

这样的恋爱方式，是纯粹的，甚至是与爱情本身无关的。她懂日常里最朴素、简单的愿，懂日月开窗，花色染颊，懂一行行诗里的甜蜜心事，懂一行行的花草，花草的香，即是爱情的味道，又比爱情更惊天动地。

这种浪漫的感觉，就像一朋友说过的话：就觉得，一片春光打开；就觉得，是他温润地来了。

最浪漫的，不一定是灼热的，不一定是刻骨的，但一定是温润的。那个人，温润地来了，多好，那必将是你一生最浪漫的爱情。

不需要声张，更不需夸张，就那样如微风吹细草，摇摇曳曳，不说一语，不写一词，全在那簌簌清香里。

# ｜深情兹日｜

而冬天，你盼一场初雪时，心也跟着长出一条小径来，清清凉凉的往事，踩着某个你念念不忘的韵脚，簌簌而来。

一次查阅资料时，无意中看到古文里的一句：深情兹日。当时匆忙，竟没有留下太多记忆。

日后再查，网上竟搜不出这四个字，可我唯记得的也只有这一句，四个字。

兹日，自然指此日。自古至今，这个"兹"字有很多义，名词、动词、代词、连词、副词、语气词皆有各自义项。但我很喜欢最初的一义，即草木茂盛。

当下之时，正是草木茂盛，回味起来，别有意思。可以理解成，当下这一天，如草木一样茂盛，失去即是枯萎，我们应该好好珍惜。

　　而在当下，能珍惜时日，见喜欢的人，做喜悦的事，一路而去，深情以往，不错过，不辜负，深心处有天地。

　　深情兹日，想想这四个字，真美。深情应该是一个人内在的气质，是不论时光如何转变，世界如何改变，他都能过好当下的一天。

　　想拍一些日常动人的照片，比如，不过是一人坐于饭桌前，一碗靓汤，一碟绿油油的小菜。不需太多摄影技巧，让人过目难忘的是桌前人，那神色，洁净、安宁、与世无争、自在圆足，即使一个人，也是一个完美的世界。

　　眼睛呢，有光，浅浅的清喜的光。

　　因身体稍侧，一边的耳朵也让人难忘，看着像一块玉一样的美，好像听得见心上人远远叮咛的情话。在一菜一汤里深情着，在思与念里深情着，这样的画面，是动人的。

　　这时候，深情也许就是一首小诗：把你映在一菜一汤里，吃一口喝一口。把你挂在我的眼睛上耳朵边，看你听你。

　　深情是自然万物天地本真的模样。春鸟声声，桃花流水，杨柳新晴，你听，你看，你一定会感觉一耳朵、一眼睛的温柔，就那么轻易地俘获了你的心。

　　春一来，就觉得身在这深情草木的人间里，该是多么美好的事情。好似你随便一走，便走进了春天浩荡的诗句里，自然会与一个赏花人相逢，相逢一笑即衔杯，就着二三两春风，醉得七八分美意。

秋冬虽枯尽芳菲，惹人生愁怜。但秋水明净，冬雪彻骨，更有向内的深情，自敛静气，秀外慧中。

去走走秋山，你会觉得面目清净，好似过往的风尘，都被秋风秋水洗涤一空。这时你看身边草木，萧瑟里有明净的眼睛，与你深情对视。

而冬天，你盼一场初雪时，心也跟着长出一条小径来，清清凉凉的往事，踩着某个你念念不忘的韵脚，簌簌而来。

在深冬里，你有没有一扇雕花的窗都没关系，那雪只要来，悄无声息，待你从窗口一眼望去时，总会觉得，有些温暖，隔着时间，隔着空间，幽深而深情。

深情一定是一个内心的风水。深情兹日，是对日常最美好的善待。兹心为慈，对日常、对万物有慈悲，自然内心也会长出茂盛草木。

我认为我是一个对日常既淡泊又热烈的人。淡泊的是心在此，即是天地，不过多奢望，也不过分纠葛。热烈是要尽全力盛开，不愿辜负手头一寸寸的光阴。

所以每年十二月底，别人好似惊心动魄地要挥手告别旧年的云彩，我却心安坦然。

不过是——换本台历，日子依旧。没有台历，就换本心历。心中历数岁月涓滴，不虚此行，汇生命万道泉。

曾说过，好的不好的，坏的不坏的，管他呢，都翻一页，另起一行。新一年，老规矩，继续美好下去！

我知道，深情兹日，不过就是素朴一日，心上植草径，引清泉流云，建小亭起荷风，妙色天然。正如清代恽南田所言："一勺水亦有曲处，一片石亦有深处。"

我知道，深情兹日，就是每一天，心中要有花籽，手指要有诗，能开得了花，能翻得了光阴的书，心念美好，页页美好！

# | 光阴会给你回头率 |

我知道，我身后，是满山满树的花开；我走过留下的脚印里，也悄悄开出一朵两朵三四朵；甚至我深情的一个呼吸，喜悦的一个眼神，皆是一朵朵的花开。

特别喜欢"春山如笑"这个词，出自宋代郭熙《林泉高致》："春山澹冶而如笑……"词的意思，是形容春天的山色明媚。

但我总爱从字面去理解，乐此不疲。春山就是"如笑"嘛，初春你去山里，不必幽居几日，只闲闲散散听风看野草绿，或偶遇几朵早春的花，悠闲自得的模样，笑着看你这个山外人。

是的，那野花在"笑看"你。你再细心听，山里的每一寸绿，每一片花瓣的红红紫紫，都是山的笑语。我甚至觉得，春山一笑，花才笑了，花的开，就是花在笑。

也许春山讲了一个温暖的笑话，或者读了一首非常美的诗，笑意深情地传遍每一寸土地，花就听到了，也开出一缕缕的笑了。我甚至觉得，能够在春天里开放的每一朵花，都是因为光阴的照顾，是因为光阴被染香过，光阴回头看了一朵花，所以，来年它才开得那么热烈，那么芬芳美好。

人也是一样吧，记得一本旧杂志上有人提到过，在人生一切瞬间的辉煌里，最久久难忘也最惊心动魄的是，某一刻，某个人的回眸一笑，好似世间一切的深情和美意，都在这芳菲一瞬之中。

我也曾记录过一个坐在公交车上的人，她面容红润甜美，眉目爽朗明媚，挂着永不凋谢的笑，在公交车一路的颠簸里给人娴静美好的感觉。还有那坐在初春杏花树下的老人，杏花落在他的肩上，他的四周，他就那样笑意蔼然地坐在那里，让人生出安稳之感。

柳永《洞仙歌》中有"算一笑，百琲明珠非价"的句子，说的是含情一笑，胜过千贯明珠，是无价的。

我也一直相信，那些一路走来，带着微笑的人，是光阴里的美人。她们会吸引那些在岁月里灰头土脸的人的目光，洗濯他们的面容眉目。是的，光阴会给你回头率，只要你保养好自己的微笑。

清代黄图珌写梅，用了几个词，冰清玉润，出世芳姿，貌婉心娴，很耐人寻味。

做人也应如此吧，要有外在的冰清气韵，多一分自珍自重的底色，少一分随波随世的浊气；又有内在的玉润气质，温柔在心，温和待人；出世需有自己的芳姿，是由内而外散发自己的芬芳，活出自己的姿态；如此容色温婉，与人温良，内在贤淑端庄，优雅从容。

如此，即使你走在人潮人海里，也会有人回头看你，你经过的花枝，花会喜笑颜开地看你，从你窗前急急赶路的云朵，也会忍不住回首，甚至停在你窗前，眷恋不舍离去。

这样的你，岁月会照顾你，光阴也会给你很高的回头率。

有美好情怀与心境的人，是这个世界最美丽的风景。

你以一分纯真眼目与心神结交草木，光阴就会将草木的精神回赠予你；你以善以温良与世与人相待，光阴必会善待你的每一个日常；你以一颗喜悦心细细地活在这个喧嚣、苦难交叠的世界，光阴必会频频回头，青睐着你走过的每一个瞬间。

每次初春去山里，欢喜半天，再下山时，总觉得身后扑啦啦地开花。我想回头看，却没有，嘴角轻轻一笑，似有芬芳瞬间萦绕鼻间。

我知道，我身后，是满山满树的花开；我走过留下的脚印里，也悄悄开出一朵两朵三四朵；甚至我深情的一个呼吸，喜悦的一个眼神，皆是一朵朵的花开。我知道，在平常又平常的日子里，我怀着向美向好的心情，光阴就这样一步一回头，赠我芬芳千重的回头率。

## | 心历 |

有时静思手头的光阴，回想每日素常中的点滴，
总会心生感恩。仿佛我与那一页时光，我与生活，是
情投意合的知心人，喜结良缘，花好月圆。

二〇一四年元月一日，写过一句寄语：换本台历，日子依旧。
没有台历，就换本心历。心中历数岁月涓滴，不虚此行，汇生命万道泉。

我是觉得，岁月光阴里的台历，一页一页安排着你的时光，人
的心中应该有自己的日历，每日所行所看所闻所想，皆是心历之上
的风光。而不该只有在跨年之际，才忽地觉得时光匆忙起身，要离
席而去。

我也由此，郑重地将这一句视为座右铭，提醒自己，岁月光阴
倏忽一瞬，当珍重视之。三年过去了，时时也检点自己所行之路，
几多铺了花香，种了鸟鸣，走得从容几许，安然几许？可有心泉涓

涓潺潺？泉可清？泉边白石可有春华秋实围坐？

我把人间烟火，收束成一缕轻烟模样，夹在草木书页里。也许那一页，刚好是晚霞揽镜自顾，笑窝里飞出一抹胭脂香，羞羞地躲开了万人的目光。

我在这里顿一顿，等夜挑亮灯火，我再于窗前，与月色同读。

也许那一页，诗歌刚好升起炊烟，有顽童在村里放鞭炮，你一惊，再看窗前的桃花被炸开了，正惊慌失措地看着人间。

我在那一页里，惊喜如春雷，吃了喷香的野菜小炒，再带着惊蛰的一截睡眠，于朗朗几分春风里展书展眉。我是生活在自己心历上的人，那平常日月，一页一页，皆是好风光。

因为是平常人，过平常日子，所以会在一页上喝茶，赏画，读书，写文。有时静思手头的光阴，回想每日素常中的点滴，总会心生感恩。仿佛我与那一页时光，我与生活，是情投意合的知心人，喜结良缘，花好月圆。

是的，情得投意得合，不管是爱情，还是你对这个世界及某一事物的热爱，总是得有点什么东西，在心里扎根，发芽开花。

心历上的茶色更是美，守着静，浮着香，将一页的宁静，染上你。

会在回望青春之际，更加感激一杯茶的安暖与美好。因为懂得了，激烈的，会烧人；平和的，也许更温暖。

　　人越来越需要的也许就是温暖吧，特别是那一丝一丝动人心魄带着香的暖。自然会时时写点文字，成为光阴大书里某一章动人的内容。无造作感，信手拈来，俗事也好，雅事也罢，都是行云浪，翻啊滚，让人眉眼欢腾。

　　你若走了进来，在我的一页心历上，喝了一杯茶，看了一页诗文，转身而去时，心历上淡淡地留着你美好的身影。

　　走过一日，翻过一页心历，饱满而知足，不觉缺失，常有欢喜。我想，人之心历，最难得的是这样的欢喜心。所有的幸福感、成就感，人生得失、爱恨、苦乐，皆是心的常客，在那一页页的心历上，占据着显要的位置。若以欢喜心过日子，晴时欢喜，阴时自在，得时不沾沾自喜，失时不怨天尤人。

　　给自己准备一份心历，日翻一页，光阴在你的指尖，也变得温柔了几许，好似日子也就风轻云淡了，就风情万种了，你变成一个在心历上种春风的人，一个红妆扫雪的人，一个与光阴喜结良缘的人。

# ｜碗美｜

碗养我的人间烟火，也养我天真的念头。一碗粥是日常，一碗花让我觉得人生不平常。

　　有一段时间痴迷买碗。也正好时时碰到卖碗的，而且多是在街边。小城小，各种杂货时不时地出现在城市里还仅存几处的集市上，或小区路边，是幸事。

　　买那么多碗干什么？我也问自己，买来干什么呢？

　　养日月，养光阴，养花草精神，也养远道而来的雪花，养二十四节气，养好风水，养月色，养每一个日常素朴里珍重的念。

　　这竟然是我的第一反应。碗养我的人间烟火，也养我天真的念头。一碗粥是日常，一碗花让我觉得人生不平常。

　　我的文字里有很多被人称作奇妙的联想。

比如《一捧花声》。我欢喜地构词，乐不可支地把我的日子抱成了一束花，不，还不够美，抱成的是一捧花声。花声能用捧？怎么不可以呢？我欢喜地看过好花闻过花香、听过花声，我的怀里，明明是一捧捧的花声。这种通感修辞手法的运用，毫不刻意，只因欢喜。

还有那篇《我的早餐是一碗花》，受到很多追捧，也成了很多人精神上的早餐。

有人问我是怎么构思出来的，还有人问我是不是人间人，其实很简单，只是欢喜。常在文中提到，早晨总会有三五分钟，在窗前侍弄花草，所以我与花草结了缘，朝夕相处，温柔相待。加之喜欢用朴素的碗拾花酿春，自然我就有了这样妙不可言的一碗早餐了。

我自然是人间人，极普通平常的人，若说有那么一点点不同，也许就是，我对一只碗，都可以长时间地浮想联翩，且以深情以温柔，将一只再平常不过的碗注入了生命。

如此，碗里会浮出月色，会盛放迷路的诗行，会长出光阴的韵脚，都是再寻常不过的事了。所以，我会觉得，碗很美。

即使普通的一只碗，想想那些英雄年代里的英雄，执剑走天涯，在一面猎猎的酒旗下，大碗喝酒，那碗粗糙，却盛满英雄气。

想想那些在日常里，素手煮汤的朴素人，数点绿几缕红，清清淡淡，又滋味绵长，盛于一素净碗中。碗沿也许有一朵荷，或梅，或一小丛细兰，她在热腾腾的香氛里，深情看你。那碗，素朴，却有温度。

在我的书架上，或花案边，甚至窗口，座椅旁，时时都能见到一只只碗，大小不一，花色各异。春天时，碗里多盛的是花朵或花瓣，有折来的花，但不多，多是春深时花树下拾来的。冬天大雪天气时，会开窗接雪，一只碗里慢慢覆盖成一座小雪山，拿回屋后，化成雪水，然后一碗碗浇花。

我能想到的最安宁的生活就是，每天做些细小的事，比如开窗、打扫、读书、浇花。如此，在一碗烟火里，便能自在圆足，生无限的乐趣。能赏得一碗之美，能安于一碗之烟火，我想人生就该圆满了一些，温润了一些。再于世间行走，浮云吹雪，世味煮茶，知足，平和，无忧，自乐。

# 心有玉之声

你心有玉，像泉水作响；你心有玉，像月色作响；
你心有玉，像花香作响。

有些文字，如玉，有玉的质地，更有玉之声。

不需要画面，不需要多详尽的描述，只那么几个字，如书桌上一瓶净美的插花，于书间抬眼一看，便可听到花声，声音还带着芬芳。你不但可以闻到花香，仿佛也能看见，那花香一缕缕，在绽放的细细的声音里，飘荡起来。

比如"湖心亭"。张岱的《湖心亭小记》确实美，几枚名词一摆，几个动词一放，几组数量词一组合，一个令人羡慕向往的画面就浮现了出来。湖心一亭，本是令人神往，再想雪落，上下一白，独往而去，赏雪之心，该是何等欢喜。

这篇小记，也被后人唤作《湖心亭看雪》，"看雪"两字，直点题旨，让题目给人一种意境之美。如此想象那"湖心亭一点、与余舟一芥、舟中人两三粒"，不由得让人对这几百年前的一幕意往神驰。在如醉如痴的想象里，仿佛几百年前的雪一直在历史的书页中落着，你打开书，看了一眼，那雪就落到心底，簌簌清响。雪之声，如玉一样纯。

宋代戴复古《题郑宁夫玉轩诗卷》中曰："玉声贵清越，玉色爱纯粹。"诗中主要讲了，作文如雕玉一样，要费功夫。当然也费工夫，时间只是一个量的问题，但所下之功夫，却是一个人心中的力量。那清越之音，自然非一日之功，没有执念，不够坚贞，一定是求不得的。临江之畔，璞石无光，千年磨砺，温润有方。

人一生走的路，何尝不是从石到玉的过程呢？只是雕琢之器非刀，而是你的脚。当然选择什么路很重要，幽径草路，纵深间有自然之趣，人一生也落得清风拂面之美意；小园香径，纵使独自徘徊，清幽深意在心，不与世缠绞，落得清净之美。

而能走出什么样的路更重要。

为心中梦想，坚贞心意，深心独往，走再坎坷不平的石路，脚一步步地雕琢，也必能磨石成玉，也就自然成就玉样的人生。

为喜悦事，不改初衷，执念而往，走再黑的路，穿再简陋的草履，也能将黑打磨发光，散发如玉一样的光泽。如此，你走出的每一步，脚下踩响的，都是玉之声了。

人心又何尝不是从石到玉的过程呢？

你舍掉一些浮华，心流清泉，泉水激石，日夜叮咚作响，石圆润有清越音，那石就是玉，你心中发出的每一个音符，都是玉之声。

你心存良善、真诚，目含秋水，对世界报以温柔，你身披月色，与人与世温柔相爱，掬诚相待，即使光阴粗糙如石，也能被你的目光你的底色，打磨成玉。

即使曾顽劣如石、坚硬如石，只要有开悟，有担当，有珍惜，有善待，你总会听到心底开花的声音，从石头上开出的花，那是玉之声。

你心有玉，像泉水作响；你心有玉，像月色作响；你心有玉，像花香作响。你心有玉之声，能寻得见空谷幽兰。你心有玉之声，已不怕人间喧哗。

# |越活越薄|

原来小半生里，不曾苟且，把一大把的光阴，写到了薄薄的几页之中，透着亮，散着微香，是对我最大的善意。

人最终应该是，越活越薄的。

薄得像一张素白的纸，余下的时间，也许会想着留一笔深情的言，但还是作罢。就染上花香，日积月累成纸上芬芳而清喜的水泽，于其中，养一缕清风，一弯明月，一腔诗话。

深情自然是有的，是对外的，对长路，对远山，对草木，对诗书，对生活，对人对光阴。独独不再向内了。

有一种说法，即人要活得深厚，曾也是我上下求索的。如今倒有点怀疑，这深厚所为何来。

深厚，词典里解释有三：一是感情深切浓厚；二是基础扎实坚固；

三是形容雄浑、博大。

第一条，也可简单来说，人之深情极深，不管对人对己，皆有饱满意；第二条，或许是说人生在世，不论为人或处世，或者所作所为，所拥所有，皆要有内在基础，从而实现坚固的人生目标；第三条，好似是说，人生最终，是要求得大天地，雄壮浩瀚，博大恢宏，引人仰望。

深厚终归是有所为而为之。如此，深厚就是加法；而薄，是减法。

写作近二十年，某天一回头想，惊出一身冷汗。

何年何月为何留得我在光阴里迷不知返执笔舐墨执念不改？虽然视写作如生命，但还是为这些光阴而生惆怅。但又欣慰，继而生欢喜心。原来小半生里，不曾苟且，把一大把的光阴，写到了薄薄的几页之中，透着亮，散着微香，是对我最大的善意。

而在写作之追求上，也无功利之图，更重要的是，我知道，在写的过程中，我追求的东西，比写作本身更珍贵。

我懂得了，写不是为了"加"，而是为了"减"。减掉小我，剩下无我；减掉名利，剩下纯净；减掉浮躁，剩下清心；减掉恶，剩下善；减掉丑，剩下美；减掉捆绑己心之束缚，剩下空心自在。

我相信，心里存美存善，人便会活得丰盈自在。

写作只是一个丰盈自己的过程，心怀与心地才最重要。内心怀美，万物有美；心存善地，世界旖旎。

老的时候，也许我会想，我还剩下什么？我把用过的光阴，用生命的长度一一丈量归还，剩下我精神的厚度，垒起来，几本书，叠起来，几沓信。

那书，那信，都是一笔一珍重，写给光阴，写给草木，写给人间，写给山河故人。——很薄，却很温暖；很薄，却很长情。越活越薄，这是我的减法。🌰

# 闲掌深山万卷书

在深山里寻书，不需目录索引，亦无须按图索骥。
你眼里寻美，只心下欢喜，书便为你打开；你心里归
静，只念一词，书即到手中。

有时翻古籍，遇到二三赏心句，真是欢天喜地事。那些诗句，好似隐者，你从喧嚣奔沸的网络上根本寻不得。这些诗句，我会禁不住玩味，有时改动一个字，就好似一刹那打开了另一个天地。

比如这"闲掌深宫万卷书"，第一眼看去，就想把"宫"字改成"山"。

想想深山藏书，你闲闲掌管，可自阅得趣，可借给一溪云水、两行归雁、三点雨声，或那一苇苇初阳，一树树落霞，反正你说了算。

深山与深宫，一个是天地自然之殿，一个是人间权力之殿。深宫藏书自然恢宏壮观，可惜权与利交织，与书香格格不入。深山更好，

有书藏之，一藏万卷，淡泊之守，不与世争。

山水写书，圣人之作。古木千章，花开万卷。这深山的书，是有草木香、烟霞气的。桃红，柳绿，秋水，长天，白雪，红梅，皆有著作。每个季节都有季节的告白书，每个节气都有节气的节令歌。

山水是一部大书。花在春天的路上开，一朵一个字；草在风中结籽，一籽一个标点。春风化作词笔，秋水做成插图。你走进来，行如云水，一行一双欢喜的望眼，一行一排脚印的印章。终于，最终你也化作这云水文章里的某一个词。如此，山水相依，云霞为伴，你也有了美的差事，闲掌深山万卷书。

草木葳蕤的山间小村，茅屋十几，闲闲散散地坐在山水里。它既是读书人，也是著书者。读的是闲人闲事、闲草闲花的书。比如村西耄耋之年的老人，仍把锄有力，开小园种花圃，成天脸上泥水交织，花籽飞到脸上，有人猜他的脸不久就会开花。

写的是泥土里芬芳的历史。有参天貌的老槐历沧桑年月而蔼然和善；有藤花攀着篱笆、炊烟升起晚霞的诗歌；有绿鸟衔着野花香，忽而东、忽而西的插图；有幽幽青瓦上一千年前的月色在散步作诗。

一个山村是最美的书写者，也是整座山万卷书最好的掌管者。

那些书，或引藤为架，或设白石为柜，草香花色分区，露水里、花枝上、虫鸣处、月色下、幽云涧，一一摆放。在深山里寻书，不需目录索引，亦无须按图索骥。你眼里寻美，只心下欢喜，书便为你打开；你心里归静，只念一词，书即到手中。

　　白云每天抚书，清风里静着尘外尘，不染世外世；流水每天说书，白石上坐着落花秋声，安静地倾听。山间岁月，明月穿着彩云衣，红莲照着清水镜，你手执一卷桃花水响，一卷寒烟凝碧，走在大地之上、深山之中最温暖的书房里。

　　此心已闲，辞职于世。这个世界很忙，我只想，闲掌深山万卷书。

第三辑

诗词小笺与君赏

他捧卷白衫玉立，你相伴红袖添香；

他提笔宣纸上，把一个夜晚写到深处，

你自是清宁安好，于身旁来添砚中水。

你知他是诗中故知，与他喜悦相认，

你知一山一水早将他换作古人模样。

# 远随流水香

一个"随"字，是随了心，随了意，从容闲定，任尘外喧嚣，这一时眼睛看的是美，鼻子闻的是香。世间一切美，都是这般从容啊，如落花，"远随流水香"。

道由白云尽，春与青溪长。

时有落花至，远随流水香。

闲门向山路，深柳读书堂。

幽映每白日，清辉照衣裳。

——[唐] 刘眘虚《阙题》

刘眘虚的《阙题》原来是有题目的，后来遗失了。唐代诗选家殷璠在《河岳英灵集》里辑录这首诗的时候就没有题目，后人只好给它安上"阙题"二字。

虽然有些可惜，但也有几分妙处。诗中每一句，都是一道风景，其间的禅意，妙不可言。用"无题"犹如留白，能给人更深的美意和想象空间。它仿佛是寻芳而去的小径，往纵深而有不知归路的惊喜与闲适。你只需从容地走去，仿佛走进一幅画中。

从白云尽处入径，随一条曲曲折折的小溪走着，去见友人。因为这一句"道由白云尽"，我一直认为，世上一定有一条路，是用诗铺成的。我惊羡这样的诗情，开篇一句，便把人带进了诗情画意中去了。一路白云旖旎，衣襟上沾着一缕云，眉间染着一缕云，心里要见的，一定也是一个白云般的人。

沿路春光如悠长溪水，偶尔看见落花，落就落了，随流水而去，一路蜿蜒一路芬芳。这样的情致，若没有好情怀，又怎会看到。

一个"随"字，是随了心，随了意，从容闲定，任尘外喧嚣，这一时眼睛看的是美，鼻子闻的是香。世间一切美，都是这般从容啊，如落花，"远随流水香"。全诗这一句，最美。美在这份从容的情怀。

因为有这样的情怀，所以才能看到友人，把一扇闲门开向山路，才能做一个于柳深处安心读书的人，才能看到幽，才能任清辉照衣裳。

要做就做这样从容的人，从容地走在诗行里，从容地读一本书；做一朵花，开也从容，落也从容。

苏轼有一篇仅五十多字的小文，名字叫《书舟中作字》。写他六十五岁结束长期贬谪生活回内地、经曲江船遇险滩的经历。当时船上的人都吓得面无血色，只有他镇定自若，从容作书。

延参法师写过一篇文章，《此心何妨宽几尺》，他在文中说："生活中所有的烦恼丝，根根都是自己吐的。"

说得真好。世事纷纷扰扰，人心营营役役；路上你追我赶，人前争芳夺艳。有多少人说起苦，苦不堪言；说起累，累如丧狗。所有的烦恼，不过是我们自己吐出的丝，自己亲手作的茧。

去看一次山林，看山林里的花，看花上的清露，看清露里是不是住下了一朵云；或在窗前翻几页书，听书中流水潺潺，有人煮茶赏花……人心不过是一个空谷，你堆满了垃圾，便成了垃圾场；你闲闲地种上兰，眉目也会从容地开出兰。

岁月苦长，心境可宽。长的是时间之河，宽的是自己的人生两岸。漂得了河，顺得了水，有浪也不怕，浪花道由白云尽；上得了岸，看得了花，有风也不怕，落花远随流水香——这就是好人生。

从容者，路迢迢水长长，走到哪一步，都是好风光。"一孤舟，二客商，三四五六个水手，扯起七八页风帆，下九江，还有十里"——留给春风报花信。

# ｜闲与仙人扫落花｜

去山里多了，哪怕是一座寻寻常常的小山，听几声鸟鸣，或看野花烂漫，草丛中有花瓣点缀，恍然间感觉整个人安详美好，与世无争。内在洞天，仿佛是山间院落，住着仙人，和落花。

我昔东海上，劳山餐紫霞。亲见安期公，食枣大如瓜。

中年谒汉主，不惬还归家。朱颜谢春辉，白发见生涯。

所期就金液，飞步登云车。愿随夫子天坛上，闲与仙人扫落花。

——[唐]李白《寄王屋山人孟大融》

看一朋友传来其书画院的照片，院内有牡丹亭、竹苑、荷花塘，也有鹅卵石小道、青石板、石拱桥。

好时光，就当与好景致相伴。看着这些好景致，我心生羡慕，人已走在其中了。有一天若能去到这样的地方，才敢相信，尘世中，不曾辜负美好，也就做得了画中人。

这让我不禁想起李白《寄王屋山人孟大融》诗中的一句："闲与仙人扫落花。"读罢此诗，让人有通透之感。也明白了，虽然人生有诸多不如意，也渐渐从朱颜到白发，但可以做一个闲与仙人扫落花的人，清淡而知足。

史料记载，公元七四四年冬，李白同杜甫一起渡过黄河，去王屋山，他们本想寻访道士华盖君，但没有遇到。可能这时他们遇到了一个叫孟大融的人，因志趣相投，李白写诗相赠。但诗中所提之地却是劳山，即青岛崂山。李白去崂山时并没作诗，遇志趣相投人，却诗情大发。

我猜想，李白之所以能在一开篇就笔墨淋漓，以真性情酣畅入笔，写游崂山"餐紫霞"，"食枣大如瓜"，别开生面，颇具想象力，一定是因为所遇之人，有非凡之处。或者，他就是山中仙人。

不能回到古时崂山，遇到青衫峨冠的诗人，但我也曾在崂山真切感受到仙人与落花的境界。上山的山路，一边是平常人家。有的开着旅舍，有的干脆就闲在那里，门口总有棋桌，几人悠闲围拢，有人下棋，有人观棋。自然更多的是茶桌，寻常茶壶，或石凳，或摇椅，吃茶的人，与来来往往的旅者毫不相干似的，他们的眼里没有旅人，只有茶，或者清风白云，鸟鸣溪响。

如今回忆，恍然明白，他们就是山中的仙人。

山路另一边就是溪了，水清澈，有的地方湍急越石，拍出声响，有的地方缓缓而流，漂着几瓣落花。溪中很多大石，见不少的人，三三两两坐在上面，嬉笑而谈。这些人，多是旅人。但在那一刻，他们也是山中的仙人。

不急着赶路，不慌于奔波，看落花，落满院落，落满小径，落满肩头；也看仙人煮茶，扫落花。所以，我一直在做一件事，让自己闲下来。依旧要为生活奔走，依旧要为梦想奔波，但从不舍得让光阴的落花，落下枝头，又被世俗的风吹走。所以我多想，于山中遇到仙人，遇不到，我就做自己的仙人。

去山里多了，哪怕是一座寻寻常常的小山，听几声鸟鸣，或看野花烂漫，草丛中有花瓣点缀，恍然间感觉整个人安详美好，与世无争。内在洞天，仿佛是山间院落，住着仙人，和落花。

遇到这样的仙人，于山水中寻回一颗喜悦心，该是多大的恩赐。

就如同野山遇断桥，桥下有流水。即使满目凄凉，但心有清亮。再于溪石上一坐，看到落花瓣在水上漂，像一封刚写好的信，世上已没有信差，流水代劳。流水知道，世上总有一个仙人，在某年某月某日里隐居。🌷

# 最美是花影不扫

我的一生，仿佛就在这样的一封信上，圆转一笔，
流丽一笔，被一个人写进与花影娴雅相对的光阴里。

重重叠叠上瑶台，几度呼童扫不开。

刚被太阳收拾去，又教明月送将来。

——[宋]苏轼《花影》

我收到一封信，从宋朝寄来的，信上有花影一叠。寄信人是苏
轼家里的小童。信中提及，苏轼让他将亭台上重重叠叠的花影扫开，
但他实在做不到，便只好将花影寄给我。

我想，痴缠花影的人，这位小童都会不吝寄送。所以当看到苏
轼这首《花影》时，我感觉我的窗前，悠然落下清喜可人的一叠叠。

而坐于花影中，整个人便感觉周身沐着花香，心清气爽。

或者，也许我就是那个小童，曾经领略过一叠一叠花影，一重一重地铺上亭台。

东坡先生放下手中的诗卷，幽思深邈地看着。清风摇着竹，吹着花影，东坡先生莞尔一笑，便命我将花影扫开。我手足无措，不知所以，东坡先生却看着我，又一阵笑。

一整天，我不断地给东坡先生续着茶，他于亭台里，为诗书着迷，也为那一叠叠移动的花影牵神。我渐渐明白，东坡先生哪里是叫我扫花影啊，他分明是天真欢喜，或者也是要扫开心中的烦绪。

这一天，东坡先生哪儿也没去，直到月上梢头，仍迟迟不愿离去。最终还跟我说：你看，你扫不走的花影，太阳把它们带走了，可是明月啊，又将它们送回来。

我是那么喜欢夏日的花影。每每走在路上，耳朵里灌着人声、车声、蝉鸣声，我仍不觉得聒噪，因为路上总有花树，总有花影，清清凉凉，被风拂着，清幽解暑。

有时看到小亭，还会停下赶路的脚步，去坐一坐，吹吹风。亭边总有花影，与我消遣一段旖旎的小时光。有时与朋友走在路上，突然望见身边园中花影如诗摇曳，禁不住钻了进去，在一团花影里忘了赶路。所以读到白居易的"手攀花枝立，足蹋花影行"，总觉得，恋上一团花影的人，都是今之古人。他们一生的行走，日中月中，都有花影。

古人的窗前，最喜欢的是种花，想来一定是为了种出一团花影。

难怪诗词里有"一帘花影"的说法，这样曼妙的表达，一定是因为欢喜成痴。再想想秦观笔下的"风弄一枝花影"，白居易笔下的"月照藤花影上阶"，夏天还会酷热难耐吗？

多想能收到一封信，信上花影一叠。我的一生，仿佛就在这样的一封信上，圆转一笔，流丽一笔，被一个人写进与花影娴雅相对的光阴里。

因为与人无贪念无怨嗔，与世也无尘俗气，这样的光阴，是日月深处的花影，层层叠叠，如清泉洗心，让人终于有了清雅劲拔的格局。我相信，能赏花影之美的人，处灼热俗世里而能自带清风，于静夜孤寂时能自带花影。我甚至看到一双细腻的手，将一叠叠花影，裁剪作衣。

有人缝一朵于领上，有人缝一朵于袖口。这个世上就是有那样的一件清凉衣，也有那样与世无相争的人，任花影不扫，一生婆娑生香。

# | 补屋草和花 |

我常觉得，人一生，一定要与光阴为友。如此，当岁月偷走了你的美貌，当幸福、快乐了无踪迹，当苦难、烦扰左右不离，当心中缺了一个口，我们依然能与光阴倾诉，不惧风雨。

幽径入桑麻，坞西逢一家。

编篱薪带茧，补屋草和花。

——[唐] 司空图《独坐》

我非常喜欢晚唐诗人司空图的这首《独坐》：幽径入桑麻，坞西逢一家。编篱薪带茧，补屋草和花。

走在曲曲折折的小径上，优游不迫，心本幽深孤美，却又遇山中人家，破屋几间，闲草乱生，野花乱开，心里便一下明澈。这分明是藏于深山的一首孤诗，悠远，空灵。

　　近看篱笆，是用带茸的枝条编就，再一抬头，屋漏处却用花和草相补。那一眼，想必整个人，身体里已被风吹进一条溪水，流啊流，吹进满山花，开啊开。破屋主人看不到这样的美，只看到凄风冷雨，但那补屋的草和花，是如此随意闲适，一定也是跟主人心境有关的。

　　我知道那种喜悦——走过长长的山路，穿过一条幽深的小径，逢见一户山野人家，柴门，石墙，茅草屋顶，像突然撞进你眼里似的，又如多年老友守着一方山水等你一般，你看一眼，心便柔软下去了。

　　曾有一次，一天爬了七八座连绵的山，几次遇荆棘，逢断崖，无路可走，直待终于看到山下人家时，忽然有一种归家的感觉。

　　当来到这户山野人家门口，站在木色斑驳的大门前，在门前那棵杏树下，我是那么确定，曾经，我和一个人，在这里生活过。

　　那时，有杏花三三两两落下，落在心中的茅屋屋顶，薄薄的一层。这样的一个杏花屋顶，我相信，是另一个人，前来与我相认的温暖线索。

　　大多人心上也搭着一间茅屋，花色染窗，溪响挂帘，石垒桌凳，木架篱笆。春时花朵来住，冬时白雪来伴。所以世间总有这样的人，围岁月为深山，拢光阴为茅屋，不论尘世为家，或心为宅，都能从容而知足。再披清风为衣，展月色为纸，给岁月，给光阴，给往事，给还没来的你，写一封信、一首诗，一定都是深情的。

　　但也有的人，忘了回到这间茅屋的路，心上蒙着尘，只记得世间八千里路，却不识心中云和月。或者，有的茅屋住着住着就漏了，漏进了风，漏进了雨，漏进了苦楚，漏进了烦扰，弃之而去。只有光阴啊，一定还是那样从容，撒了草籽花籽，补好了屋。

　　我常觉得，人一生，一定要与光阴为友。如此，当岁月偷走了你的美貌，当幸福、快乐了无踪迹，当苦难、烦扰左右不离，当心中缺了一个口，我们依然能与光阴倾诉，不惧风雨。

　　司空图在《二十四诗品》"旷达"一品里有句"花覆茅檐，疏雨相过"。再想他诗里补屋的草和花，在光阴里，从容自在，相宜相悦，如此才能得到旷达之境吧。

　　也许穷尽一生，我们也无法割舍尘世的缘，更无法自在洒脱地抛开一切，往山里茅屋一住，但我们总会遇到茅屋一处，总可以在心中置茅屋几间，为这长长的一生，寻一处小栖之所。

　　即使这样的寓所，经不起太多的风雨，但有一腔补花补草的愿，人生没有什么是不可以圆满的。所以，你只需要去寻，怀一颗向美心，尘里寻，心中寻。如此，走破了鞋，也许正好落进草籽花籽，闲下一坐，脚边尽是花草清香；住漏了屋，也许正好风送草鸟衔花，帮你补出一份隔世的美。🌸

# 旖旎此去两相携

惊羡之余，也深深地懂得，其实不论山水，或
烟火生活，喜悦相安的人，不会刻意剥离，既能于尘
世里有山中日月之怀念，也能抽身携一份好意前往。

久为簪组累，幸此南夷谪。闲依农圃邻，偶似山林客。

晓耕翻露草，夜榜响溪石。来往不逢人，长歌楚天碧。

——[ 唐 ] 柳宗元《溪居》

山里住着节气，山里住着白月光。

若能有闲，去山里感受节气之美，是人一生再浪漫不过的事。

立春像一个路口的小姑娘，碎花布衣，天真无邪，提一篮花籽；

白露是某一朴实农户家里刚出生的女儿，带着风的清、玉的洁，带

着干净的眼神看你，惹人疼怜；小雪是旧人旧消息，可能从唐朝出发，

在你经过的一个村边抵达。

其实山里住着人间无尽的美意，住着再朴素不过的禅意。

就如同有人问大龙智洪禅师："什么是微妙的禅？"智洪禅师答曰："风送水声来枕畔，月移山影到窗前。"

柳宗元诗《溪居》，里面有我向往已久的美意与禅意。

开篇两句"久为簪组累，幸此南夷谪"，直抒胸臆，说他长久被官职所缚不得自由，有幸这次被贬谪来到南夷。在太多的历史资料里，我们能看到许多古人为官之路的坎坷与挫折、被贬后的彷徨与凄楚。诗里这一个"幸"字，让人顿时心胸开朗，仿佛超脱一切烦扰。

最喜欢接下来的四句："闲依农圃邻，偶似山林客。晓耕翻露草，夜榜响溪石。"活生生写出了一个山林客的悠闲生活。

闲时常常与农田菜圃为邻，也许这对于一生居住在山间的农者来说不算什么，但对于久染官场或于尘世里辗转的人来说，拥有这样的"邻居"，感觉自己是个隐居山中的人，心灵上的放松与自在，是那么难能可贵。

如此，清晨去耕作翻除带露杂草，傍晚乘船沿着溪石哗哗而归，是多么美的事情，是说不清却心下自喜的禅意。

我愿意做这样的山林客，所以怀着这样的心境，也时常走回到山里。身为尘世人，偶做山林客，有些痴，有些乐不知返。或者还会被人嗤笑，也没关系。

柳宗元诗是谪居时作，有评说诗中隐含牢骚意。有就有吧，总归能退到一方净地，居愚溪边，建了房，也得了闲，不失逍遥。

当下时常能看到新闻，有人放弃优越生活，隐居山中，享山中日月。惊羡之余，也深深地懂得，其实不论山水，或烟火生活，喜悦相安的人，不会刻意剥离，既能于尘世里有山中日月之怀念，也能抽身携一份好意前往。

有多年不见的友人来联系时会问："你现在住在哪儿？过得怎么样？"

我特别想回答说："我住在清风明月里，过得挺好，清风明月不用一钱买。"为了一座山，为了一座山里的节气，为了节气里所有的美——一草一木，一日一月，我愿这样痴下去，一个人，或与另一个人相携而往。

我不知道，我山间的屋可以建在哪里，但我知道，我心中的山水日月，可以赠予我任何一处居所。

为了这一处居所，我特意写了两句诗，挂在心墙上：窈窕日月映山水，旖旎此去两相携。某一时，那么想与一个人老于山间，从君老烟水，是一晌贪欢，却有终生深情的美意。

带着这样的美意，于一汤一水中见一尊白瓷之美，仿佛镀了日月之光，所以才更热爱那白如一阕词般美好的碗碟，乃至舍恋洗时碰撞出的声响，也由此痴恋那盛于其中的一汤一水。

闲时往深山里去，与穿着碎花布衣的立春姑娘打招呼，与生了白露女儿的人家道喜，与一场小雪初见——所行处，孤宅幽静，或许真可遇《诗经》里的公子，或巧笑倩兮的女子，一个眼神一个刹那，便知是故知。

而当偶遇故知，喜悦相认，一山一水早将你换作古人模样。🌹

# |呦呦鹿鸣|

总觉得，心里植绿，花开一卷，鹿会来，嘉宾
会坐满心的某一角。鹿呦呦而鸣，琴瑟悠悠而弹，这
样的一颗心，洁净寂美。

呦呦鹿鸣，食野之苹。

我有嘉宾，鼓瑟吹笙。

吹笙鼓簧，承筐是将。

人之好我，示我周行。

——《诗经·小雅·鹿鸣》

"呦呦鹿鸣，食野之苹。我有嘉宾，鼓瑟吹笙。"

多好啊，鹿呦呦而叫，来吃田野青苹；我的佳客，厅堂之上，

弹瑟又吹笙。鹿在《诗经》的某一行，恬静得让人不敢呼吸。

如今的鹿，只在书页里，在一幅画中，或者在一首诗的光线下，从你我的眼前，悠闲而过，尘世已容不下一只鹿。就像容不下一颗心到另一颗心之间的一条路，其间铺满了爱的荆棘、纠葛、纷争。心思纯洁的人，也许可以从一杯茶里抵达，从那天黄昏飘起的白雪里抵达，从书页上抵达，从往事里抵达，从一首写了半生的诗行里抵达。或者跟随一声鹿鸣，抵达。

总觉得，心里植绿，花开一卷，鹿会来，嘉宾会坐满心的某一角。鹿呦呦而鸣，琴瑟悠悠而弹，这样的一颗心，洁净寂美。所以，我由此相信，世间是有鹿的。林间阳光便是我们精神上的鹿。若你踩着厚厚的落叶，绿松滴翠，或红枫流火，偶尔你周身绕着几缕鸟鸣，你停下脚步……

这时，若你闻得风甜，或耳朵里灌进溪水声，甚至只是脚边几团阳光，像某个诗人不小心盖上的印章，你便站在了整座山的大作中，你会突然感觉不知身在何处，又突然感觉整个人清凉了几分——那么，你停下来的，其实是尘世的俗念。

而你看到的那一小团团的阳光，是一只只世外的鹿，更是你精神上最需要的鹿，它们带给你安详、静谧又孤美的世界。也许不一定是阳光，或者只是一条小径，一拳石，甚至一个人的名字……总之，你应该庆幸，你遇到一只鹿。

人间最纯洁的鹿，是你把心在世外的溪边洗了洗，然后拧干，闲静地写下的那些你喜悦的文字。

或者是为了一个清晨刚刚斜进窗口的阳光，或者是为了你隔帘听到的一声花开，或者是为了一条你走过多少年仍会每年春天开花的路，或者是为了一件再也穿不得的旧衣，又或者是为了一杯茶，一个同样洁净的人。

总之，你心思单纯，情感旖旎，你的文字纯洁如鹿，为你带来一个安宁的世界。

我想到自己，一直在追求美好，因此也写了一些所谓"美"的文字。刚写这类文章时，有人说文字没有烟火气不好，我没有回复，仍一如既往。

偶然间跟身边一好友说起此事，我说，我都浸在烟火里太久了，我就是要走出来喘喘气，然后不打算回去了。朋友听后，愕然良久，只说，你会是一个终于没有尘埃的诗人。

多年后的今天，有读者评论我"不染世俗半点尘埃"，我却又在心里说，其实有多无奈，我的凡身不过仍是半生沧桑、半世尘埃，所幸依旧走在无人的山林，带草木跟我回到我的人间，为的是，我可以活得清清凉凉，像诗一卷。

如此，我便可以在诗里、在心间，养下一只鹿。

　　人一生中遇见的最美的鹿，在收到的第一封情书里。

　　那里，每一个字，都散发着清草香，又如初春溪水潺潺；每一个字上都开着桃花，飘着白云；每一个字，都是从诗中挑出来的，被一只撞入心田的小鹿，呦呦低鸣，诉于你听。

　　信末的落款，那个人的名字，更是一只小鹿。

　　那个人的名字，是一只小鹿啊，一下子就撞进你的心里。你会忽然感觉，你仿佛从一个平庸的地方，一下子闯进百花深处的小村。

　　你踩过小桥流水，你经过华枝春满，终于走到天心月圆，仿佛就是为了见到这个名字，你愿化成一缕香，绕在他名字的每一笔上。🌸

# 来添砚中水

生活的一方砚里，也许我们曾磨出了人生的好墨，因此也写了一些好诗。

来添砚中水，去吸岩底泉。

一日三往复，时节长不惓。

——[唐]白居易《游悟真寺诗一百三十韵》节选

他捧卷白衫玉立，你相伴红袖添香；他提笔宣纸上，把一个夜晚写到深处，你自是清宁安好，于身旁来添砚中水。

对笔与墨，一直有一种痴迷。虽然一生握不了好笔，也写不了好墨，但就是愿意在光阴的纸砚上，与此生遇见的所有的美好，与美好的你，像两个美丽的字，被光阴珍重地写下，相依相偎在一起。

世间的书生，越来越少。但美，总会留在那些痴爱的人身上。红袖添香是美，来添砚中水是美，有静谧的光，照见书页间的路，让人不迷失，知所去何处。

写了一首小诗《为你写诗的傍晚飘起了小雪》：我不知风／什么时辰会捎来远方的消息／不知道／春天在路上会不会／以花香以云水载你一程／为你写诗的傍晚／飘起了小雪／薄薄地／轻轻地／为我／来添砚中水／来续杯中茶。

一场小雪初到时分，最好是在傍晚。所幸生命中在我珍惜着雪的时光里，大多初雪都下在傍晚。这一场小雪，会让人忽然在染上脖颈的凉里，念起对一个人的念。

也许是从春天开始如小芽初绽一样地等待过，一直到心事葳蕤也不曾得见。所以清凉凉的往事便派来一场小雪，为我来添砚中水，来续杯中茶。

添上的，续上的，是一分暖，十分深情。

白居易《游悟真寺诗一百三十韵》中，洋洋洒洒千余字，笔墨游走，醉心山水，或工笔细绘，或丹青巧施，让人如临其境，好不逍遥。诗中每一景，都让人流连，每一句，都让人回味。

这样的诗作，愿手抄千遍，直到把墨用干，再吟诗中一句"来添砚中水"，然后喜悦地研磨，乐而不疲地接着抄写。

人生也不过是一本本手抄卷，有人抄上了功利与纷争，有人抄上了清风与明月。为功利而抄的人，墨用光了，便再也没有人添水；只有那些为清风明月而抄的卷，总会有人满心喜悦地添上一砚水，只为了一起走在一卷光阴里。

去一位商场中人的办公室，大大的办公桌以一贯的气派模样挡在我与他之间，但办公桌一角，与我相近的位置上，摆了一方大砚，让我一下子对他有了好感。

更让我喜悦的是，他的砚里，墨汁温润，砚边搁着一支毛笔，笔毫上好像刚刚吮过墨。见我眼神落在砚上，他赶忙问我要不要来两笔。

我根本不敢拾笔献丑，他却早早地说："我来给你添水研磨。"直到他细心地研着，我仍在拼命拒绝，并客气地说："可惜浪费了一砚的墨。"他却说："没事，留着等下次你来再写。"

本以为只是一句客套话，下次来，墨早干了。可真到了再去的时候，我却发现，那方砚里，仍旧水墨朗润。

后来熟络了才知，他这几年，桌上的砚里一直有墨，从未干过。忙时他也会添水，慢慢磨墨。

我知道，他磨的是自己的一颗心啊。

我仿佛看见白居易这首《游悟真寺诗一百三十韵》中描述的"粉

壁有吴画，笔彩依旧鲜。素屏有褚书，墨色如新干"，忽生美好之感。我们的生活，何尝不是一方砚台呢？

生活的一方砚里，也许我们曾磨出了人生的好墨，因此也写了一些好诗。但更多的光阴，是无趣的，无韵的，是枯掉的墨，我们觉得再也写不下一个字，更别说写出诗意的生活了。

我们总会走到这样的时节，这时我们最需要的便是适时添水，细心而磨。

人一生行走，如墨的走笔，我们该为自己，为心爱的人，来添砚中水——添清的泉水，磨出一缕缕白云的悠闲；添叶的露水，磨出一瓣瓣花朵的馨香；添甜的井水，磨出一行行诗词的韵味。●

# 倚风自笑

每天给光阴的回信中，你只需写一笔两笔，光
阴便知那是人间最美的风景。如此，光阴在一笔一画
里成为温良的知己。

酌酒与君君自宽，人情翻覆似波澜。

白首相知犹按剑，朱门先达笑弹冠。

草色全经细雨湿，花枝欲动春风寒。

世事浮云何足问，不如高卧且加餐。

——[唐]王维《酌酒与裴迪》

人是需要一点自在心的。

自在心是心中有自然，眠得了云，卧得了石；是窗外车马喧嚣，窗内仍有自己的茶烟袅袅；是在光阴里，懂得自己与自己握手言和，

眉目长野花芳露，嘴角时时泛起一圈圈涟漪。

多少年里，就算再忙，再累，再不堪，一进山，一见草木，就变了人。我不知我世外的样子，可是我知，见风我是风的样子，见云我是云的样子。

再回到日常，心也越来越从容，每天都会有美好滋生于心，充实，知足，无挂碍，无牵绊，无纷扰，无忧惧。只有近得了草木的人，才知其好。世间一切都不存在了，寸寸心自生出大千世界，生出草木人间。

前人曾评王维"如秋水芙蕖，倚风自笑"，真是妙绝笔墨，几个字，即勾勒出王维的魂来。秋荷枯尽，再不见青碧可人模样，但心中有光阴，即使枯，也是将一夏的恩惠之美收于心中，那枯，反而更自然。于秋水之上展颜，于秋风之中，倚之而笑。

王维也有如此的胸怀。读王维的山水诗，时时会为他的一派天真的美，或内在锦绣的禅意而动心。王维在《酌酒与裴迪》诗中有句"世事浮云何足问，不如高卧且加餐"，正是前人所言的"倚风自笑"之见证。

裴迪是王维的挚友，此诗旨在宽慰裴迪。王维一生宦海沉浮，但他没有就此消沉，更没有在诗中倒苦水，而是看透荣辱纷争，在大自然中安放自己，寻一份自在心。所以安史之乱后，王维才能"在辋口,其水舟于舍下,别置竹洲花坞,与道友裴迪浮舟往来,弹琴赋诗,啸咏终日"。

看透世间沉浮,心下坦然,自在修行,如秋水芙蕖,可倚风自笑,与好友相劝,加餐高卧,可同销万古愁。这样的王维,让人不能不喜。

古人极看重内在修行,看得透自在心,是朝霞披衣,月色作酒,与外在不过分纠结,与内在但求安心。

杜甫"花径不曾缘客扫,蓬门今始为君开",开一袖清风流云两盏淡茶几世缘,也不嫌够;郑板桥"写取一枝清瘦竹,秋风江上作渔竿",钓几两江山亦自笑。

人到老,都是要走回自己的内心的。内心住着什么风景、什么人,最重要。每天给光阴的回信中,你只需写一笔两个的身影,光阴便知那是人间最美的风景。如此,光阴在一笔一画里成为温良的知己。

你在纸上投下淡淡的影,心中的春,就在影上开花,你只需倚风自笑,就能笑出一整个春天来。

# | 榆钱买春 |

回想我这小半生，逢春时赏春，春去时送春，我把大好时光，都借来，与春住，心里倒是得到很多美意。

春愁无边。

在身边的笔记本上写下这四个字的时候，我正在诗雀山里。不大的山，却随处可见野花，可听春鸟清脆鸣叫。看不够听不够，心里欢喜难以言表。只是想，春花烂漫，叫人美得发愁，怎么就那么美。

我知道，春一过半时，花落又是别一愁。是真的愁。去拾花，拾不尽，愁不完。

读宋代万俟咏《木兰花慢·恨莺花渐老》一词，第一句即是一腔愁绪："恨莺花渐老。" 是会恨，怎么能不恨呢。才看春来，又送春去。词中另有"榆钱万叠，难买春留"，是佳句妙笔。榆树之花为铜钱状，所以这"榆钱"的说法，实在是妙不可言。古人就是这么可爱又可敬。

词人在此借榆钱买春留，自然让人惊艳。榆钱叠了万叠，这本身很形象，一"买"字，更见深情。

虽我无古人这样的才情，联想不到借一叠榆钱买春，寄予美好心愿。但是，回想我这小半生，逢春时赏春，春去时送春，我把大好时光，都借来，与春住，心里倒是得到很多美意。

我也一直很欣慰，无法如古人，于云林竹灶间，会幽人雅士，共一壶茶，赏一山春色，但只身前来，一路摘得榆树之钱，买一山的春常在。想想，生活中，"榆木疙瘩"之人常见，"榆钱买春"之人却鲜有耳闻。不禁，偷着乐了一朵花开的时间。

# 云生水石边

因为眼中蔼然有静气，才能看得见那石边的云；

因为心中柔软有慈美，才能看得到，那石边水生云。

读朱元璋《钟山》诗，颇有功底。

他不是大老粗吗？不是只会写打油诗吗？怎么能写出"松声细入耳，云生水石边"这样的诗句？

其实他的打油诗也是极好玩的，有的大气磅礴，有的妙趣横生。但近日读这位草根皇帝山水诗作，还是禁不住为其折服。

朱元璋现存诗作并不多，但不少闲情逸致笔墨，读来也是饶有情趣。都知山水美，但闲坐山中一水，把心闲下来，身边的草木也闲着，风也闲着，才真是能体会山之美。不知朱元璋在江山和闲山之间，究竟更看重的是什么？

将朱元璋的诗通读一遍，不难看出，除了他的豪气打油诗外，那些山水诗句，或多或少也寄寓了他的一腔热爱。虽胸无多少墨水，但他知道，不论江山也好，山水也罢，都离不开那一点"墨"。

之所以喜欢他这句"云生水石边"，正是因为，我相信心有山水的人，一定带蔼然于眉宇，存柔软于内心。

因为眼中蔼然有静气，才能看得见那石边的云；因为心中柔软有慈美，才能看得到，那石边水生云。

不论在世有怎样的宏伟抱负，要行怎样高尚的责任，抑或要面对怎样不堪的困境，都不忘回归内在。而能走进山水之中的人，必然有着最本真的心性，不迷失，不困顿。

读这句诗的时候，我坐在那里神思浩渺。然后走到窗前，我知道我的窗外总有云。我更知道，总有一朵云，是生于水石边；总有一朵云是从《诗经》或唐诗或宋词里飘来的；总有一朵云是一朵花的呼吸；或者总有一朵云，行了八千里，是某个人的眼神，来到你的窗前。

我就那么闲闲地看着，生万种柔情。闲生万种柔情，我总看那水边石也是软的，水面如镜，飞出一朵朵云。🎤

# |忧心如醉|

《诗经》中写等待心上人的诗作不少，但这一篇，别有韵味。

《诗经》里有一篇《晨风》，写等待心上人的心情。

先写晨风鸟迅疾飞过，树林郁郁葱葱，"未见君子，忧心钦钦"，没看见心上人，忧心忡忡。接着写山上有丛生栎树，洼地里有六株梓榆，"未见君子，忧心靡乐"，没看见心上人，忧心不乐。

最后又写山上还有丛生的棣棠，洼地里还有直立的山梨，"未见君子，忧心如醉"，没看见心上人，忧心如醉。

《诗经》中写等待心上人的诗作不少，但这一篇，别有韵味。

在山上等自己的心上人，眼里看到飞鸟，看到草木，却自始至终，未见他。忧心可见一斑，"如何如何？忘我实多"。怎么办怎么办？

他多半已经把我忘记！

从开始的一等不见，忧愁烦闷，忧虑不安，到接下来二等不见，便开始不快乐起来，再到最后再等不见，竟然是"忧心如醉"。

这四个字，细品了很长时间，这一"醉"字，该如何解？

等而未见，那忡忡之忧，该是元代张可久《小桃红·春思》曲中那句"恨忡忡，一春愁压眉山重"，或是清代谭莹《闻试炮声感赋》中所言"侧听心忡忡，苍茫立残照"，总之，带着愁绪，带着凄凉。

而《晨风》中的等候，忧心竟"如醉"？这醉，是愁得醉了吧，是忧得醉了吧，是爱得醉了吧？或者都有，但是没有恨。

一定没有恨，只有心底万种柔情，一腔愁绪。明知心上人不会来，可还是等，如一场醉酒，不愿醒啊。

# |便是飘零也感卿|

自古以来，离愁别绪总是会惹上诗人的笔尖，悲悲凄凄，总会搅得当事人心潮翻滚，人生狼藉，少见这样的一份情怀，知是飘零也感卿，存下感恩。

读民国黄侃词中一句"知有飘零，毕竟飘零，便是飘零也感卿"，心下凄怆而生悲悯。

在民国，黄侃知名度可不小，今人也时时拿他的段子说事，读来好玩。有人总结黄侃留给后人一串关键词：狂狷，孤傲，疯子，名士，好游历，好读书，好骂人，桀骜不驯，不拘小节，性情乖张，特立独行……

有时会在一堆资料文字中，遥想旧时风月，再也触摸不到的历史，那些人物还活在纸上，大概历史就有了温度吧。这也是对后来人最大的恩慈了。

黄侃这一生，我想这一串关键词，也能说明一二。

如此畅快地活过，他这一句"便是飘零也感卿"里，沧桑有过，浊眼也难免，终是悲喜从容，襟怀坦荡。所以世间事也好，心中情也罢，大概都有一份英雄孤胆、终老不悔的心怀在。

那份孤胆，那份不悔，是何等珍贵啊。自古以来，离愁别绪总是会惹上诗人的笔尖，悲悲凄凄，总会搅得当事人心潮翻滚，人生狼藉，少见这样的一份情怀，知是飘零也感卿，存下感恩。

王菲《花事了》一歌火的时候，我深深地被"让我感谢你，赠我空欢喜"打动了。这一句，后来也被很多人说成矫情，但我一直喜欢着。因为我深知，这一场欢喜情事，不管是爱是劫，总归经历了，总归拥有过，虽然最终是空，是空欢喜，但心里仍感谢，曾经的赠予。

我喜欢怀念往事，不管那往事里有多少凄凉，有多少伤痛，我都珍惜着。喜欢怀念，因为曾经美好，喜欢怀念，也皆是因为沧桑里有温度，让我不觉得前路飘零。并感念于心，感激曾经所有，风雨不悔。🌸

# | 宛自天开 |

无论是撑满了整幅画面的山峦，还是远山、城墙、高树，抑或曲路园中，茅亭、白鹤、水池和怪石，以及最引人注目的郁郁葱葱的高大竹林，皆是由景而人，人随景走。

陈从周《说园》几篇，皆是可读之品，很见格局与韵致。不但可以了解造园之说，还可以让人如游千园，任凭你想象，迤逦而行。

陈从周说，中国园林是由建筑、山水、花木等组合成的综合艺术品，富有诗情画意。叠山理水要造成"虽由人作，宛自天开"的境界。

我没有尽览我国的四大名园拙政园、留园、颐和园和避暑山庄，但我相信，一处佳园，宛自天开，随法自然，才能留名，让人回味不尽。

中国古代的园林皆充满文人气息和诗情画意。如今，是难以得窥全貌了，也只能从一些画作中领略那份宛自天开的神工了。

比如明代孙克弘的手卷《长林石几图》。该图高31厘米，长达2.5

米，描绘了倾慕风雅的地方豪富吕炯位于浙江崇德的友芳园。

虽然没有找到此图资料，好好欣赏一番。但是从相关资料中也能窥其一二妙处。

无论是撑满了整幅画面的山峦，还是远山、城墙、高树，抑或曲路园中，茅亭、白鹤、水池和怪石，以及最引人注目的郁郁葱葱的高大竹林，皆是由景而人，人随景走。

这片竹林占到画面的一半，即所谓的"长林"，据资料显示，其左右延展，向右连接到山峦下，向左一直绵延至卷尾。随着手卷展开而呈现的各处景致，通过这片竹林绾结在统一的风格下。

这种统一的风格，即是遵循"宛自天开"的境界而为，古人向来尊重自然，即使借景也会借得妙不可言，毫无人为痕迹，实在让人敬佩，也让我们不得不汗颜。

而吕炯作为当地一富商，竟然有此境界，也是让人佩服的。他很看重"无心插柳柳成荫"的造园精髓，在设计上不做刻板规划，而是相机而动、随机应变，遵从自然，顺势而为。它的石几亭，便是由竹而几、由几而亭，自然生趣。

《长林石几图》中，园主坐在亭中，倚靠着栏杆，悠闲地观看童仆给盆景浇水。亭内完全被一张石桌占据，上面摆设着古玩、砚台和书。这样的画面，真是令人向往。

造园如此，为文也当如此，才是好境界啊。文之中心，大概是建筑，是骨是根基，山水是义之脉络，是精神是气息，花木则是不可或缺之点缀。整篇构想，又随处有大自在，不刻意，显精神。

想来也是做人之理。

要有坚不可摧之建筑，是你人生之根基，是信念，是梦想，是坚贞之意；也需内在山水，是性情，是胸怀，是必不可少的品质；也需一些花草精神，是个性，是爱好，是散发着的独特气息。

不论为文、做人，最重要的是出自本真、本心，让人一睹见其人，再睹见其真性，宛自天开，让人爱不释手。🌹

# 古春年年在

那时春意料峭，但绿已像火，一点点燃烧起来。
那绿也是闲绿，不着急，不慌张。

读到李贺的诗句"古春年年在，闲绿摇暖云"时，窗外正在飘雪。

每年都会盼雪，都会用不同的方式亲近雪，都会写一篇雪文。

今年披雪十几里，步行去到山村，那是一个家家户户门前守着一棵老杏树过活的村子。每年初春，杏花一树树开，开在房前，开在溪边。

很想在那里住个把月，什么也不做，就做些闲事。看绿一寸寸爬上窗口，看杏花一瓣瓣开一片片落，看村里憨厚老农去山上田中做农事。

那时春意料峭，但绿已像火，一点点燃烧起来。那绿也是闲绿，不着急，不慌张。看一眼，人也闲了几分，暖了几分。正是李贺这一句"闲绿摇暖云"里的境界。是那么不经意的，像一个人发呆的眼神，里面有暖暖的笑意，却不自知。只有看到的人，忽一眼，生心下的暖。

这样的闲绿，都住在古春里。李贺笔下的这"古春"二字，细想虽是无意之笔，却让人心中生了情，发了芽似的。好似在这个冬雪天气里，身体也开始萌萌动起来。

李贺这两句诗，是其游兰香神女庙所写，诗很长，起首便是此二句。初入一景，扑眼而来的，或心上泉涌的，一定是最打动人心的。所以我想，李贺在这第一眼里感受的，便是那绿，那暖。但心下之境，起笔所思却是"古春年年在"。

古春，就是指春天。但这一"古"字，却用得极妙。并非说的是古代的春天，说的不过是自古就存在的春天，年年在，年年生绿，有禅之境界。人心中，应该有这样的古春，是自然生发于心底，不论世事烦扰几多，仍能闲生绿，年年摇着暖云。🌸

## |白头偕老的白|

这世上，所有的白头偕老的白，不是岁月染上
的风霜，不是光阴描上的沧桑，而是敬出来的。

相敬如宾，是我很喜欢的一个词，更是一个人在世最高的修为。

男女间的情感，最惊心动魄的便是，一开始，"窈窕淑女，君
子好逑"，到最后，"执子之手，与子偕老"。中间呢，两个人若
能举案齐眉、夫唱妇随，则最是喜人，最是美了。

人大多怕老，唯一在爱之上，却是盼着白头偕老的，可这近乎
神话。我觉得，皆是因为缺少一个字"敬"。相敬如宾地过一辈子
的一双人，世上难找。

清代沈复与芸娘的故事，因《浮生六记》而让多少痴情人感动。
每每读此书，总是感动之余，心下难平。

难平的是世间就是太少这样的一对璧人了。后也总结，为什么世间多的是怨偶，多的是悲苦的苦命人，从《浮生六记》中，终于找到原因，便是我一直看重的"相敬如宾"，或者一个字"敬"。

沈复为人爽直，自称"落拓不羁"，但芸"腐儒"，日常夫妻间，一言一行也是"迂拘多礼"。沈记录此等小事也是颇多趣味。

比如，为芸整袖，她必连声"得罪"；若递巾授扇，必起身来接。两人还为此一番"唇枪舌剑"，更是饶有趣味。

沈因此生"厌"，打趣说："卿欲以礼缚我耶？"并借俗语搬唇递舌说："礼多必诈。"

芸倒是认真起来，所以"两颊发赤"说："恭而有礼，何反言诈？"

这时沈尚"不通情理"，继续"责难"说："恭敬在心，不在虚文。"

芸自然难以接受，以理服人说道："至亲莫如父母，可内敬在心而外肆狂放耶？"

听到这里，大概沈复再如何爽直，也不好意思起来，赶忙说，此前都是戏言。这下好了，芸更不依，言说道："世间反目多由戏起，后勿冤妾，令人郁死！"

这一番唇枪舌剑，估计沈复再也不会认为芸腐儒了。

其实翻阅二人生活琐事之美，细想之下，无不是因为芸娘这份敬重之心。对夫君有敬，对生活有敬，让人也不由得敬重这位女子。

也难怪林语堂会评说："芸，我想，是中国文学史中最可爱的女人。"我非常赞同，也因此欣喜沈复所记之琐事，让人心下欢喜。

以前写句"山，非静心不能处；水，非净容不能视；人，非敬意不能久"，是反反复复斟酌如何与山处与水视与人久，特别是与人，最后我落笔一个"敬"字时，心里才觉得踏实。

这世上，所有的白头偕老的白，不是岁月染上的风霜，不是光阴描上的沧桑，而是敬出来的。

# | 一枝 |

如此人便得安宁几许，喜乐几分，过渡一下沧桑，
还愿天真之心，是最好。

庾信《小园赋》句"一寸二寸之鱼，三竿二竿之竹"，简单笔墨，
把一个羁旅异国，想做隐士而不得的痛苦之人，悄悄隐了去。让人
只贪着这一寸二寸的游鱼，这三竿两竿的翠竹。

读古诗文，自然要看作者背景，了解字里初衷。但更重要的是，
要化为己用，超拔一下困顿中的思绪。如此人便得安宁几许，喜乐
几分，过渡一下沧桑，还愿天真之心，是最好。

否则，真如文中所提，忘忧草难以忘忧，长乐花无心长乐。自然，
也不知鸟因何事而饮酒，鱼因何情而听琴。

我想《小园赋》之美，一定是美在这样的心境之上的，即：知

足常安。所以其开篇便说：若是一枝之上，巢夫便得安居之所；一壶之中，壶公就有栖身之地。这就不难理解，远山遥望，苍翠中一小亭，就是一个诗人奔去的佳所了。或是一叶小舟两三粒人，湖心亭看雪去。

清代画家石涛住金陵时有斋名曰"一枝阁"，石涛极喜欢这"一枝"之寓意。当然是出自庄子那句"鹪鹩巢于深林，不过一枝"。所有禅学之美，是真心有所追求，悟得出其中的妙境，方可成就其一生精神之渊薮。

世人皆知"知足常乐"的说教，却往往难成全其美。懂得"一枝"之境，领会其中的妙意，在世许多纷争、劳碌、苦楚，都不值得一提。

人到底最难做到的便是这样的知足的，你看到所有的不幸福、不快乐，都因为不能安于一枝。好似要把整个春天都抢到自己家里，把所有的花都开成自己想要的模样才好。

一枝独放花，人间无数春。🌸

# | 许身山水 |

回想这几年，我走过的山，我穿过的林，我一
个人沐的风、闻的花，都让我恨不得一秒老在那山里；
或者就那样不停地走，一座山一座山，一树花一树花，
就那样走下去。

徐霞客在其母病卒又守丧期满后慨然曰："昔人以母在，此身
未可许人也。今不可许之山水乎？"于是，拜辞父母墓下，随后"不
计程亦不计年，旅泊岩栖，游行无碍"。

徐霞客一生驰骛数万里，踯躅三十年，览尽大好河山，让人羡慕。

许身山水，我第一次几天里对这句话反复思索，是在我的母亲
有一天对我说："别太累了，想去哪儿就去看看，等老了，不是身
体走不动，去不了，是不想去了。"

妈妈这句话，让我有很深的感触。而且我现在，已到了"哪儿
也不想去"的地步了。我不认为是坏事，也非觉得是好事。

人一生，总得为一件两件喜悦的事，许身一次。

不论是艺术，抑或素常生活中那些不起眼的小事，比如养花、读书，都该让人能倾心其中。我也见过不少这样的人，有人爱好书法，每天都会研墨写字，乐在其中；有人喜欢雕刻，在奔波的工作之余，总会雕刻时光，散发芬芳；有人喜欢阅读，于书香中寻得另一方静谧安详的世界，乐不思蜀。

自然也有人热爱山水，那不是简单的旅行，而是灵魂的游走。见山是山，是大地之上石与土、草与木垒起的历史；见山又不是山，是千千万万个日月描绘的画卷。这样的旅人，走过的每一个脚印里，都种下美好的花籽。

回想这几年，我走过的山，我穿过的林，我一个人沐的风、闻的花，都让我恨不得一秒老在那山里；或者就那样不停地走，一座山一座山，一树花一树花，就那样走下去。

我也是许身过山水的人，但已不是山一程水一程的人了。我更喜悦于居一处山林，和风老，和雨老，和花老。🌹

# 绿影一堆漂不去

那绿在一个野池塘里，是夏日，清风徐徐，树影印在水里，幽幽然一片寂静，直看得人清凉了几分。那影怎么会绿呢？绿的分明是水。深山绿水，将那树影也染了绿。

清代大诗人、大书画家张船山在《嘉定舟中》云："凌云西岸古嘉州，江水潺潺抱郭流。绿影一堆漂不去，推船三面看乌尤。"

诗中"凌云""乌尤"即凌云山和乌尤山。试想江水群山间，一舟穿行，舟上人赏景起兴，赞不尽的笔墨，这时一句"绿影一堆漂不去"便一下子将人勾了去。

想想真是醉人啊，醉在那一堆绿影里。

我是见过这样的绿影的。我还扬扬得意地说，能见到的人，都是山中仙人。

那绿在一个野池塘里，是夏日，清风徐徐，树影印在水里，幽幽然一片寂静，直看得人清凉了几分。那影怎么会绿呢？绿的分明是水。深山绿水，将那树影也染了绿。

西湖的柳在春日时也倒映出一团一团的绿，每走几步，就有一棵柳，垂丝垂绿，让人欣然。

张船山见得那江水里的绿影，用了"一堆"，可见他当时的喜悦。江水在奔流，那绿影却漂不走，一个"漂"字，简直用得出神入化，叫人好生欢喜。

范成大有一首写水乡春景的词，其中一句"芳草鹅儿，绿满微风岸"，特别喜欢。我想，那绿真的就是经由不经意的一瞥扑入眼里的吧，所以才会看到那绿满了微风岸。想想人站在那里，绿随微风轻摇，小鹅绿成草，草也绿成小鹅，惊喜一相窥，怎么能不叫人欢喜啊！就那么站着看绿，仿佛世间的风啊人啊，都染上了绿，一个凝视间，人早就到忘尘之境了吧。

这一句中的"满"字与张船山的"一堆"真有异曲同工之妙。我开始幻想那水中绿影，会不会是因为绿满了岸，满得装不下，微风一吹，就吹一堆落到水面上了呢？

如此说来，那树的绿也是这样，枝枝条条挂足了绿，就一缕缕滴到水中，然后成了一团一堆。

去云南游洱海时，租好电动车，我是绝对想不到我会环游了整整一圈，骑玩了一整天，行了一百五十公里的。

我是被那绿影牵了去的。是真的绿，绿得让人觉得不似人间。骑行一会儿，就禁不住停下来。白云倒映，绿草丛生，野鸭悠悠，白鸟翩翩，画这样一幅画时，一定少不了绿的渲染。

但那样的绿，是给影的，得极高明的画家，才能调好色泽，几分幽清，几分静谧，用笔要含蓄，有韵，又不能失了浑厚。而影又难画，其貌难画，其神更难画。

而且要让人看了，突生那样一堆绿影似乎就是在等你之感。它漂不走，你只需坐下，独对这一堆绿影，便尽生欢喜心。

那绿影，有的是岸边的树画在水面的，有的是水草画在水面的，有的或者干脆就是从远处漂来的一堆，漂到那里，静在那里。

人生一路，自然少不了难耐的酷暑，燥热袭人，焦灼不堪，所以应多看绿。如此，你心间养的清水就会漂着绿影，烦闷时，焦躁时，不妨走进内心，去那一堆绿影旁小坐。

看绿，是能忘忧的。新雨绿苔的绿，雨纷纷绿波迢递的绿，或宜向雨中看的绿杨的绿，还有那"澹澹春水暖，东风生绿蒲"的绿，"陌上朱门柳映花，帘钩半卷绿阴斜"的绿，一样一样的绿，扑面而来，什么愁事都不愁了，什么烦心事都不烦了。

找个空闲，去寻得这样一片绿吧。❀

# |言枯|

一朵花枯了，也一定是热烈的话都说过了，剩
下的光阴，它都紧紧地收在心中，不需要张扬，不需
要愤怨。枯，也是一朵花的容颜，寂美迷人。

有一段时间，特别迷恋"枯"的美学。

一直知道，枯也是美，是另一种美，所以每逢秋天去山里，总
会为那些枯草枯木而动容。也曾在冬天跑到小山村里，冒雪拍那些
高高擎起一种肃穆与苍茫的枯树枝。

但真正特别关注却是因为多年前开始从山里采一些微花细草插
瓶，后来它们就枯在瓶里，我也任其枯在那里，一直枯到来年春天，
有时也不舍得扔。

这样，我与这些枯了的花草朝夕相处，写作累了，目光就会在
它们身上停留，心下喜悦，喜悦的也许就是，在那么静的夜里，枯

枝散发着微芒，暖的，充满神秘的光泽。

那喜悦，一定是蝶儿，停在枯枝上。

石涛曾说："笔枯则秀，笔湿则俗。"虽对绘画技巧不甚了解，向来只是从欣赏的角度赏画，但这句话，对我影响很深。石涛擅长枯笔，用枯笔力扫，扫出林岫，扫出苍莽，浑朴而有韵味。

我觉得，一支笔，枯了，是说的话少，说出一句是一句，所以看似枯，笔下却能扫出林岫来。握笔的人，是有内在大世界、大乾坤，才能笔下出意境。

一朵花枯了，也一定是热烈的话都说过了，剩下的光阴，它都紧紧地收在心中，不需要张扬，不需要愤怨。枯，也是一朵花的容颜，寂美迷人。

曾经写过枯木，我觉得枯木的风骨，是收敛了风华，收纳了日月，归于本心，归于本真，不在意最后的形式，即使形容枯槁。不与外计较了，最终也不与自己计较，所以枯木甚至活的时间比风华绝代都要长。

其实我一直觉得，人活到一定的节气，最需要的气节就是做一截枯木，风吹不动雨淋不怕，任去日去来日来，自在安稳。

八大山人的《枯鸟图》确实越看越有味道，枯笔，枯简，不叫不闹，有一分苍莽在，就有九分禅意出，叫人思索。

　　枯木，是因为说得少了，才会枯。所以枯，不是悲戚，不是悲苦，是守定内心，握紧光阴，活得更加本真自然。

　　有一阵子见了几个远道而来的画家，与他们交谈极少。艺术的高深绝不是口若悬河，而全在其一笔一笔里。见他们的作品，有时会整个人顿在那里，起初看不懂，而后亦看不太懂，但是就是有一股莫名的吸引力，将人深深地困在其中。

　　有一位画家，话极少极少。出门写生，也不需人照顾三餐，只任他去，他就满心欢喜。当时是大冬天，担心他一人在野外挨冻，他却只是笑，说不怕。

　　他在外写生的日子，我时时会在办公桌前禁不住幻想凌厉的风中，他手中的笔，苍莽有力。

　　一个人做到言枯，一定是自然而然的事。是不需多说的，一个眼神，一个动作，一件极小的事，都是语言。

　　喜欢去那些时光老了的地方，有时就是一面老墙，一条老路，墙任其斑驳落败，路任其野生着草绿，你走在其中，很想和一个人，不用多说什么，一起看老春风，水面有落花，柳在水边垂绿。一切都在老，一切都老得那么温暖可敬、蔼然可亲。

# |风物依旧|

往事也是一个人的旧地。那些往事里的人、景、
物，一样一样，在光阴里旧了又旧。

翻一九九三年一本《散文》杂志，看到作者张放写他去凌云寺
的感受，应该说是他七年后再到凌云寺之所感。

他是清晨寂静时来的，那时无游人，他说绝对只有他一个人，
除此就是画眉和黄鹂在银杏、楠木树林中啼鸣，他欣喜地说他一个
人享用着凌云寺，和足足是一座山似的大佛。

那寂静，明妙，尘埃不染，喜悦心便更是纯净，会让人感觉落
了一身清风鸟鸣。这样的寂静，我亦有很多体会。整个人，自上至下，
自身体至内心，都像被清风洗过了，洗掉了纷杂、忙碌的染身世事，
洗掉了名利、得失的缠心之念，忘我，忘尘，人在山中不记年。

七年后再回到故地，也许会有物是人非之感吧。但在作者张放的眼中却不是。

他说：江山依旧，风物依旧，佛依旧，人依旧。当然人是老了七岁了。但在这个环境中，是感觉不到岁月流转的。

读到这句，"依旧"二字一下子把我的心弄老了几岁，也柔软了几分。

旧地重游，一切如旧，看在眼里，暖在心头。走过的石级，摸过的树干，看过的屋檐，喜欢过的窗口，好似就是为了等你来。

其实怎么会没有改变呢？江山在旧，风物在旧，佛在旧，人自然也在旧。但就是有好兴致，重游旧地，大概最难得的便是这样的心态，如此才能感觉不到岁月的变迁。

不知有多少人，一生愿意回到旧地。我知道我的一生走不了多少地方，那些江南小镇去过，我依然想再去一次；那些山山水水，我在心里临摹过，我依然想再画一次。

只因为我知道，小镇会等我，山山水水会等我，一样一样风物会等我。

第一次去大理洱海时，当面对那些水边水草和枯木时，还是禁不住雀跃如孩童。虽曾在图片中见过无数次，却依旧没有亲眼所见更让人惊艳。

特别是枯木，一截一截的，只那样孤清立于水中，竟自成风景。苍山洱海若是大美，这枯木便是印象派画家独创的手法，简单，却苍老深远，有无限韵味。

我第一次亲眼见这洱海边的枯木时，竟生出别来无恙的感觉，似是旧相识，我识得这些枯木独标孤美的样貌，也知其内在绵渺之思。

第一次游洱海，是从大理出发的，一路为这些枯木特别着迷。途经海舌公园时，能见到更多造型奇特的枯木，让我流连忘返。后住喜洲古镇时，又特意去了海舌。

坐在洱海边，足足可以看半天水中枯木。曾想，不知百年以后，它们还在不在，怕失去，怕我再来时不见它们。可是转而又想，百年后，我已来不了了，不禁哑然失笑。

而我的心，在这一笑里，变得柔软而温暖。我知道，它们会在的，美的风物，永远不会消失。风物依旧，千古悠悠。

往事呢？人一生最美的往事，是否也有着这般让人欣喜的"依旧"。

往事也是一个人的旧地。那些往事里的人、景、物，一样一样，在光阴里旧了又旧。

可是因为心有所愿，一次一次地回去，看到的是风物依旧，暖着苍凉的岁月，暖着飘雪的鬓角。

人一生，若回望，风物依旧，是何等的幸福啊！ ❀

# 古时某个月份

在一片翠色里，不见鹤，却时不时见得白鸟立
于湖心木桩上，或堤岸边，尽管避着人，可这样更好，
好似它们衔了古人遗落的诗句。

曾拿了个新本子去山里坐，想在静谧的林间，日光洒下碎银，
我借几钱买得闲光阴，蘸着清风，写几行字。

林间有鸟鸣，叽叽喳喳地这里跳那里跃的，一池睡莲正羞羞地
探出了头。睡莲只占了池子的一角，另一角空着。

不，不是空。树影映在池心里，有风轻来，微微漾着，美得不像话。

我就在池边坐着，本子放在不远处的石桌上。

我回头看一眼时，忽然觉得，我那时，人正在古时某一个月份里。

记得那年去昆明，在翠湖北门处寻得一联：鹤窥竹阁能衔字，
鱼上莲洲欲听琴。

看到的那一刻，喜不自禁。想那鹤衔字而去，那鱼出水听琴，简直不似人间。于是在翠湖边上，望远处亭子，乖柳，或看身着古装的行人，便不可自抑地幻想着古时某个月份，有诗人围茶小坐，有吟诗者有题联者，有抚琴者有舞者，我刚好经过。

我带不走一个字，我也取不了一缕琴音，回到我的人间。可是，我从没觉得我空手而归。

那个本子，一字未落。就像那个池子的一角，不是空的一样。我相信，清风落了字，日光落了字，鸟的翅膀飞起的时候，也落了字的。

也像走在翠湖的感觉，虽然它的美远远比不得西湖，没有西湖游人如织的画面，更没有苏堤春晓那古春的景色，却不让人觉得空。翠湖的翠，很静，即使春色当头，游客也不多，只见得本地人吹拉弹唱，或翩翩起舞，好不自在。

一路行来，那份静绿，那份自在的生活气息，满满地装了一心。

翠湖真的是"八面水翠，四季竹翠，春夏柳翠"。

在一片翠色里，不见鹤，却时不时见得白鸟立于湖心木桩上，或堤岸边，尽管避着人，可这样更好，好似它们衔了古人遗落的诗句。

鱼却多见，戏于莲叶东，戏于莲叶西，还时不时跃出水面，水花四溅，而莲湖亭子里，正有老人在弹一把老琴。

我确定，我是走在古时某个月份里。在古时的某个月份里，自然能见鹤立于书桌旁，鱼游在月色里，还有白云飘在诗稿上，花色染着身上衣。

而为了去那里，仿佛我走过野径八百，水程三千，一路赋诗纪行，旖旎而来。空灵，寂美，幽微，自在。

我是如此迷恋这幽渺缠绵的幻境。是的，我知道这是我一个人的深情，尽管它是如此的虚幻。可置身于那样能令我回到古时的场景之中，我便陶醉忘我，身边云自飘，草自香，千年风霜，万古流水。

在我的生命中，我欣慰我拥有着这样的古时月份。它让我时时可以走进去，长风一袖，花气满身，无心随去鸟，有闲伴卧石。自得乐趣，自得圆足。

这是我所求的生之愿，心之境。

若寻我，定是要到古时的某个月份去的，那里定是云树苍苍，屋舍掩映，峰峦迢递，山水寂然。

人间有味与君同

人间烟火的美，美在一分从容，

一分本真，一分简，一分素；

亦美在心中有花籽，手指有诗，

能开得了花，能翻得了光阴的书，

心念美好，页页美好！

# 心中要有花籽，手指要有诗

亦感觉身体里有个时钟，分针秒针奔走间，时针又冷冷地指向一种荒芜的存在，光阴凉薄，我要善待。到头来，光阴也会赠我欢喜吧。

晴阳天。日光像个暖手帕，轻轻拂去了一冬的寒气与尘。看窗口，日光一寸寸游走，暖意丛生。

翻看去年此日，竟也是晴好天，而且天空让人沉醉。新年第一日，不想做什么，只想写一篇文章，算作与文字倾心而谈。感谢文字的陪伴，让我觉得丰盈而珍重。

自然也会想在新年抬头第一天，写一句寄语。想想这几年里，不是每年都写，其中有两条寄语，也是对自我的勉励：

一是：换本台历，日子依旧。没有台历，就换本心历。心中历数岁月涓滴，不虚此行，汇生命万道泉。

二是：好的不好的，坏的不坏的，管他呢，都翻一页，另起一行。新一年，老规矩，继续美好下去！

回想二〇一七年，虽然有几个月于既有惊喜又有无措的时光里辗转，也带着一些些的不安。但总归完成了两本书的书稿。这是欣慰事。

犹记得十二月份，整整一个月，调理身心。亦感觉身体里有个时钟，分针秒针奔走间，时针又冷冷地指向一种荒芜的存在，光阴凉薄，我要善待。到头来，光阴也会赠我欢喜吧。

我喜欢那些心中有诗意的人。即使仍要在俗世里过一份俗生活，为工作、为生活而奔波，却能闲出一点时间，可种花，可翻书，可牵爱人的手一起走进黄昏。生活中本有美好的花籽，需要一颗诗意的心来拾拾，生命中本有芬芳的大书，需要洁净而诗意的手指来翻阅。

在心头珍重寄语新一年：心中要有花籽，手指要有诗，能开得了花，能翻得了光阴的书，心念美好，页页美好！ 🌺

# 祝愿多些 "人间烟火"

其实我们每个人手头都有自己的烟火，只是常常大多数人被这人间烟火味熏得不成样子，眯了眼睛，失了理智。

看我敬重的一位出版前辈张克文先生在微博里发的新年祝愿，是我这几年看到的最清澈眉眼的愿。他说："愿新的一年里，多一些清净吉祥，和乐安康；多一些亲朋好友，人间烟火。"

新年所愿，一般皆是我们常见的祝福之言，比如"万事如意""健康快乐"之类的。却没想到，竟然还可以祝愿多些"清净"，祝愿多些"人间烟火"。

我看到的那一眼，一下子感觉心忽地一热。

世间万千繁华，这一分清净，这一分人间烟火，本是平常，却又是难得。其实我们每个人手头都有自己的烟火，只是常常大多数人被这人间烟火味熏得不成样子，眯了眼睛，失了理智。

这样的烟火，非烟火本来面目，这样的烟火生活也不是生活该有的样子。

曾看报道说，周润发把每个日子都过得很平常，而且在这平常里喜乐着，他觉得这才是生活该有的样子：烟火气才是生活的真谛。没有了烟火气，生活就是一场孤独的旅行。所以，我觉得人间烟火的美，是美在一分从容，一分本真，一分简，一分素。🌹

# 秀外慧中

这是对秀外慧中非常曼妙的形容，也许本是如此吧，秀外是美，慧中是香。

记得以前读书时，觉得夸一个女子的美，莫过于"秀外慧中"这个词。所以那时写文章投稿，大凡要写那些朦胧的情感时，文字里必有一个秀外慧中的女生。现在想想，倒真是有点可笑与可爱了。

今天因无意中看到此词，竟恍如天年。好似这个词，被淡忘在旧时光里，淡出人的视野。

不免落下伤怀。但又转念，毕竟秀外慧中之人是稀世的，如此不被提及的词，也许正是因为它的高洁不俗，不敢轻易提起。

我不知在当下，还有多少真正秀外慧中的女子。好像时光是一张巨大的嘴，一口一个地吞掉了那些女子一般。

最早是在蒲松龄《聊斋志异》中《香玉》篇里看到的："卿秀外慧中，令人爱而忘死。"在古代，秀外慧中是女子的一张好名片，即使在现今，这一品质亦是透着香的。

貌美自然招人喜欢，但内在又聪慧，识大体，温柔体贴，待人和善，等等，大凡聪慧，女人就近乎神，近乎仙子，优点不胜枚举。

宋代李光《感春辞》曰："有美人兮，天一方，秀外而慧中，体便娟而生香。"这是对秀外慧中非常曼妙的形容，也许本是如此吧，秀外是美，慧中是香。外在素净，娴静，端庄，素齿朱唇，明眸善睐，皆是秀之美；内在柔软，和婉，慈悲，温润待人，优雅处事，皆是慧之香。

# | 小寒 |

想想寒冬画梅一枝，梅枝描花，一九二九三九，一直
到七八九，九九八十一瓣，一日描一瓣红，寒冬九九，心
意上暖暖的，这寒冬就过得雅了几分暖了几分。

今日小寒。小寒止，寒冬始，一年中最冷的时节到了。

昨日下午回老家，今日午饭后返程。走时除了带了好吃的，妈妈还极尽能事地要把家里的东西给我带，比如挂历啊，对联啊，还有窗花。挂历、对联每年都有，皆是亲戚邻居送的，但窗花却是头一次看到有人送。

很美的剪纸，虽带了工艺气息，但因为稀少而变得珍贵。妈妈说天冷，贴窗上，家里就暖和了。回来后想起此事，坐一会儿，发发呆，开始羡慕古时。

现在在我们这儿，城里家家都有暖气，感觉不到冷。老家还是

冷的，晚上钻进火炕被窝里虽暖如春，但空气里还是寒气较重。

这与古代也是相近的吧，但如今少有人寒冬时节贴窗花迎新春了，更无人做"九九消寒图"这等风雅事了。

想想寒冬画梅一枝，梅枝描花，一九二九三九，一直到七八九，九九八十一瓣，一日描一瓣红，寒冬九九，心意上暖暖的，这寒冬就过得雅了几分暖了几分。

今日也看到有关"消寒图"的资料，说是从元代就已开始，从皇宫到民间都时兴"九九消寒图"，有铜钱形、梅花形、文字形、葫芦形等多种。一般这么玩：冬至之后，贴梅花一枝于窗间，佳人梳妆之时，每天用胭脂涂满一圈，等到八十一圈都涂满，原本雪白的梅花尽皆化身杏花，窗外已春回大地。

胭脂消寒，一冬梅，描红杏花屋，真是好啊。

关于"消寒"另看资料说，在故宫养心殿后殿，挂有一幅图，上书"管城春满"，下面如九宫格一般，从右到左，写有九个双钩空心字："亭前垂柳珍重待春风"，每个字（繁体字）都是九笔。读起来诗不诗、词不词，如果不懂民俗，可能会一头雾水。

好一个"珍重待春风"，字字生暖，笔笔是美。我们都有自己人生的冬，也有一个个不得不经历的人生"节气"，一路风霜，一路小大寒走来，也许最难得的是，始终心存美好，珍重待春风。

# 别给自己太多美好定义的压力

生活的苦楚，不是倒倒苦水，就花开似锦了。
一直知道，所以不说。美好即使是咳出的血，泅染的
花，我一样相信，心有美好的方向，我终会抵达。

昨日一好友来问近况，并说：别给自己太多美好定义的压力。

大半个晚上及今天一上午，时时在这句话里停顿，像一篇文章里长长的排比句需要一个个顿号一样，我顿在每一个发呆处。

是，我细想，我有很多压力。生活没有那么多如意算盘，何况我拨不好，算不清，计较不了。我只能一步一硬闯。

那些美好，是一个人走在刀刃上，我让生活的长镜头只负责拍好上半身，花开在肩头，面带微笑，不管脚下惨厉的血迹。

生活的苦楚，不是倒倒苦水，就花开似锦了。一直知道，所以不说。美好即使是咳出的血，泅染的花，我一样相信，心有美好的方向，

我终会抵达。

只是，我从来没有想过，有些压力，也许只是我自己的"美好定义"，是借着美好，以美好为由，强加给自己的。

我一直在做减法，我算不好功利的加法、权贵的乘法，也算不好未来的N次方，我只有一颗朴素的心，简单的人生，将过多的奢望、贪念、金钱、名利一样一样减少，寄希望剩下的，以善换善，以诚交诚，以美好求美好。

我想，那些美好定义的压力，对我来说，不过是写作、熬夜，甚至孤独、凄凉。

我问自己，我还能承受得了吗？我回说：嗯，所有一切外在的苦与孤独，甚至磨难与凄凉，都不算什么。我有花香大军，定能打得它个落花流水。除了一样，熬夜，是我觉得有负于自己的。我在心里一遍遍说，还是少熬夜的好。

花什么时间在睡觉呢？突然问自己，却不知答案了。思忖良久，我想，是感觉花香很静的时候，静得停在半空，停在帘上、眉间、衣襟之时吧。

光阴的箭啊，岁月的暗器啊，你们也歇一歇吧。交战之日，必背水为战，奉陪到底，此时，就让我和我的花香大军，好好睡一觉吧。🌹

# 艺术是人体内部一条河

纯粹的艺术心，就是美好心——我用文字写出光阴的美，你画山外山，画小桥流水又流香。

艺术是人体内部一条灵气飞动奔流不止的河。

平平常常的日子里，若能闲时习点墨，书写几个字，或画几笔，那日子也就丰盈了，有香气了。就像你在冬日养的梅花，忽一日绽出新苞，你会一刹那惊喜在那里，此后梅花一朵一朵一日一日地开，你的日子也就尽是芬芳了。

生活需要点好心意的吧。心意是一个人对生活对光阴的深情，不迷失，有执念，存热爱，走在岁月深处，你便如一支笔，横竖撇捺地写出自己的诗文来。

这心意，何尝不是我们平常人的艺术心。在一份朴素里，喜悦地生活，是最美的艺术。所以，我热爱写作。有时劝那些对自己写作存有疑虑的人时，我都会说，写作首先是一个人向内丰盈的过程，其次是传递美好的过程。不必因为成绩平平而自暴自弃，更不必因为没有得到承认与赞美而失落彷徨。舍去欲望与名利的写作，更本真，更易动人心魄。越是对写作没有过分奢求的人，越是写得快乐，写得好。

因此，我们在素朴日常里看的书，写下的每一个字，或者培植的每一点绿一点红，都能将我们的光阴变得更厚实而温暖。这是一门最纯粹的艺术。

纯粹的艺术心，就是美好心——我用文字写出光阴的美，你画山外山，画小桥流水又流香。

# |生活过雪的人|

我曾写过一句"生活过雪的人"，冒出这句时，我反复琢磨品味，先是感觉它是个病句，后又觉得再如何改也改不完美。

听《时光惊雪，美人惊梅》的朗诵，想起去冬写此文的心境。为"美人惊梅"四个字，我的身体足足覆盖两个月的大雪。

"时光惊雪"四个字很美。只有到了一定的年景，到了一定的心境，才会突遇这四个字，心下真为这个"惊"字而惊。好似漫不经心地走在时光里，突然，身边就飘起了雪。光阴薄凉，一霎惊心啊。

但又总觉得，这四个字后面，该有一点暖香在。所以我用了整整两个月的时间，身上披满了雪，斟酌思量。

我曾写过一句"生活过雪的人"，冒出这句时，我反复琢磨品味，先是感觉它是个病句，后又觉得再如何改也改不完美。可以说爱过雪的人，但是没有"生活"两个字更形象、更贴近内心。是啊，本是在雪里生活过的人。

我本意是要说，只有在雪里生活过的人，才能年复一年懂得那雪，让人又恨又爱，又恼又喜。

看过一部美国电影，不记得名字了，记得是在一座偏远小镇，那里奇寒奇冷，长年累月覆盖着白茫茫的雪，有人问当地的人："这里这么不适合生存，你们为什么还不离开？"

那主角说过类似这样的话："雪就是我们的家园，离不开了。"也许只有生活过雪的人才能懂这份深情难舍吧。对我来说，这是一种情怀，雪越深，越有深情在。

深雪里，梅自开，美人自赏，都是一幅幅美妙难言的画。但时光惊雪，让人时时感觉一切来得突然，让人也时时无措，但美人惊梅，惊的是梅的美，惊的也是悠自开放，是暗香袭来的梅所看到的美人的一份情怀。

生活过雪的人，清过，冷过，寂过，静过，心中能领悟出尘外的美。🌹

## | 诗词养人 |

这个世界上的雪，常让我觉得，就是诗人漫天
飞舞的灵感，冰清玉洁。

昨日还在心里嘀咕，说好的雪呢？路上被人打劫了还是半路去了红梅家喝茶？谁打劫的？肯定是哪位诗人词人，我就安安心心等你们打劫后，剩下几片小雪花，矢志不渝地来到我家。

没想到昨夜，就忽然落白了世界。只下了半个多钟头吧，反正到处是白，深夜没再见飘雪。但今天早上一起来，天窗便盖了厚厚的雪，知道后半夜雪一定是从红梅家喝完茶，不忍负我，便冒黑赶路，一早赶来。

这个世界上的雪，常让我觉得，就是诗人漫天飞舞的灵感，冰清玉洁。所以前几天写《雪养人》一文时，心里充满着不可名状的欢愉，

清清凉凉的，与尘不染。

诗词也养人。现在仍有不少人喜欢古诗词，也有很多人试笔，每看到时，总是心下欢喜。读诗词有什么用呢？有人有过这样的疑问，要我回答，我会说：诗词养人。

生活在诗词里的人，并非逃避尘世，也并非装腔作势。相反，生活在诗词里的人，与尘世有着更热烈更温暖的交集，世间一切美好之人之事，在他们眼里，皆多了浪漫的色彩，这也是一种本真的心性。

诗词养人更养心。有时你看一个人的面容，安静、娴美，泛着温润的光泽，那是诗染眉眼，词润朱唇。而内心，更是被诗词一日一日润泽，心性自然，与人与世温柔相待。

一颗诗词心，是这世间最美好的风景啊。

# | 植物开叶开花 |

如今也有为花痴癫为花狂的人，我就曾在春寒
料峭时，看早春的杏花，在一场细雨里，落白了一地，
便一瓣瓣地拾。一边拾一边心痛，痛不欲生。

不记得哪部电影里有个情节，就是大家听到《黛玉葬花》的一
出戏，不明白为什么要葬花，为什么哭得那么伤心。

我也不知我年少时想过这类问题没有，只是如今，在我看来，
别说为花哭，爱到极致，爱到深处，生死不由人。

如今也有为花痴癫为花狂的人，我就曾在春寒料峭时，看早春
的杏花，在一场细雨里，落白了一地，便一瓣瓣地拾。一边拾一边心痛，
痛不欲生。

其实在我看来，花开花落皆是天意，我不生伤感。就像那年初
春遇到的坐在杏花树下的老人，面色蔼然，杏花正纷纷落，落他一身，

落一地白，他依旧那样坐着，面带微笑，那么安宁。

看到有人在雪天看养的梅刚开得惊艳却又转眼落得凄白而椎心地痛，不免也心生悲悯。

其实，花只是植物的一种外在表现，它枝干里也开着花的，肉眼看不到。一颗诗意的心可看可闻，一个愿意为美好低头的人，可闻可看。

在北方，冬天开花的植物少，但绿叶的绿，也是植物开出来的。只是花被叫作了花，叶被叫作了叶。文字需要有一种共识的表达方式而已。要不然，我们将叶与花换过来，又何尝不可呢？

植物开叶开花，人心朝阳晚霞。妙在天意，美在人心。

# 宽步代车，无事为贵

到如今，一回头一沉默，忧伤尾随，长长的路，我走了很长很长的时间，才遇到现在的我。不是最好的我，却是最本真的我。

一场大雪过后，天晴着，雪尚未化，满世界似乎还是雪。屋顶，绿化带里，车体，还有爱雪的深山。当然，雪走了很长的路，才来到我的家乡，怎么舍得匆匆离开。一路上，有人续茶，她不停歇；有人展卷，她不落笔墨；有人培土栽梅，她不眷顾。

她还是来了我的家乡，请原谅，我只有一点点自私的心，就是不论小雪，还是大雪，她们只要想来，翩翩地来，我都会目中无人、无世界地迎她们。

今日正好读到一句话："忧伤的人是那爱走长路的人。但你'宽步代车，无事为贵'。"让我久久回味，回味无穷。

那忧伤，那长路，好似让我看到，我从很久很久年代的树荫里，带着我怎么也画不好的一枚草叶，然后不停地走，穿过低洼处的小树林，翻过小山头，过地垄，沿土路，回家时那一刻安静的喜悦。

然后那个夏天我开始幻想，大学是一道门，我一推进去，就是新的、让人欢叫的世界。到如今，一回头一沉默，忧伤尾随，长长的路，我走了很长很长的时间，才遇到现在的我。不是最好的我，却是最本真的我。

我还会有点忧伤，因为偶尔，只是偶尔，会很心疼自己，这长长的路啊，飘满飞刀。为此，我舍弃很多东西，别人在意的、追随的、看重的；我丢掉很多坏东西，比如情绪、骄傲、纷争；我剩下什么，剩下我无所事事最好，再无杂念，心里落了一座庙宇，屋檐下滴雨，风雪夜听到犬吠。

然后，还要往前走，还要走很长很长很长的路。幸好，我终于学会了走路，宽步而行。幸好，我无事，不着急，不匆忙，走得很慢，慢慢地走。🌹

# | 胭脂用尽时，桃花就开了 |

是美好的一树桃花，是内心笃定、坚贞，又不患得患失，安稳间皆有喜乐。

读到一句话：胭脂用尽时，桃花就开了。

先想到古人的九九消寒图了，因这句话，眼前便出现一幅画面：那时有一女子，用胭脂每日画一瓣桃花，数九寒冬，日染一瓣，日子就被胭脂染香了，染暖了。终于，也染到了春暖花开了。

胭脂用尽时，桃花就开了。女子一生，最好的最珍贵的胭脂我觉得有二：一是芳华牌，二是爱情牌。如此说来，芳华殆尽，或者爱情爱光了，那桃花就来了吗？

其实应该这样理解：珍惜自己的芳华，青春不需金钱、虚荣来化妆，青春的妆容就是青春，可以哭可以笑，可以忧愁可以美好，这样，即使芳华渐失，你一样可以开出自己的桃花；恋爱的女子，更不需要任何身世、名利来化妆，爱的妆容就是爱，可以得可以失，可以天昏地暗，也可以静水流深，这样，即使爱情失去，你一样可以开出自己的桃花。

是美好的一树桃花，是内心笃定、坚贞，又不患得患失，安稳间皆有喜乐。说起来容易做起来难，不是局中人，不知局中滋味。这也是当事人最难过的一道心坎。

若过了，才会欢喜丛生，才会明白，不过如此，仿佛山门洞开，日月奔来，草木清香、白云流泉，皆向你奔来。🌸

# ▌一句很滑的诗 ▐

那丁香、溪水、山岳在眼里到底怎么美，也许
当时无法形容，只可意会。犹记得的，就是那时的喜
悦，活蹦乱跳的喜悦，花开成海的喜悦，铺天盖地的
喜悦。

昨日读一些少见的古籍文字，其中读到一句诗，有一"滑"字，
诗句尚有禅意，有妙处。但怎么想也想不起是哪朝哪代，哪位诗人
所写。今日想起，更是抓耳挠腮，遍思不得，苦恼不已。

但记得，那个"滑"字用得极妙。本想着有闲暇，写一写这个
"滑"字之妙。今日又无意读以前的文字，竟然也有一个"滑"字。
句是普通句：窗外的丁香、溪水、山岳，滑嫩香甜。

联想力丰富的人，用一些字词，常会给人惊奇、惊喜甚至惊艳
之感，读来意想不到，一回味却有无穷意思在里面。我也算得上有
奇思妙想的人，如此说，倒有点自夸的嫌疑了。不过我那一句里的

"滑"，在现在看来，是写不出来的。

虽然那句本无什么出彩，只是细想，我知自己那一时的喜悦，字从指尖蹦出，心里的喜悦自然随之而来，所要表达的便是当时看到窗外景象之快乐心情了。

那丁香、溪水、山岳在眼里到底怎么美，也许当时无法形容，只可意会。犹记得的，就是那时的喜悦，活蹦乱跳的喜悦，花开成海的喜悦，铺天盖地的喜悦。

大概是恨不得将眼前景，一下子吞于肚中，纳入我精神的血骨。

于是将这喜悦，化成可食之物，那滑嫩香甜的口感，是眼睛成了嘴，用眼睛在尝在品，心做了胃，盛放那时喜悦滋味。

想想那一句我可能一生再也见不到的诗句，很滑，从我眼里滑走了，像一尾鱼吧，但留给我一圈圈美好的涟漪。

# 生命的小白，岁月的老白

其实，人一生，能做一回小白，也是幸事。如此，
你便不必在人前装腔作势，不必在争夺中针锋相对，
不必在恩怨里睚眦必报，只需本真，毫无负担地面对。

当年第一次知道网络语"小白"的意思是"新手、菜鸟"时，我想，
糟糕了，我名字里带一"白"字，不知会有多少人叫我"小白"了。

当然这"糟糕"之思，只是玩笑而已。小白就小白，多好听。
新手就新手，新手上路，大家都会多多关照。何况人家齐桓公，都
直接起名叫"小白"，他可是春秋五霸之首。齐小白，多亲切，并
不妨碍人家霸气外漏。

其实，人一生，能做一回小白，也是幸事。如此，你便不必在
人前装腔作势，不必在争夺中针锋相对，不必在恩怨里睚眦必报，
只需本真，毫无负担地面对。

　　因为你是小白，所以你可以为一只突然飞到窗台的麻雀而欢呼，你可以为亲近一条小溪而雀跃，你可以远离尘嚣享受天籁之音，你甚至可以天真地相信爱。因为你是小白，你也许会因此多了许多乐趣与幸福。

　　有"小白"，自然就有"老白"了，那就是"老手"了。我想做我自己生命的小白，但我还知道，我终会成为岁月的老白。

　　我是生命的小白，我还没学会与家人亲朋、与美好人间生离死别，请让新手继续上路；我是岁月的老白，我不忧惧老去，不怕光阴薄凉，漫漫长路，我心在驾驶，请让老司机江山安稳，与君陶陶，永以为好。🌹

# |懒石|

总觉得，做一块这样的懒石，好似回到了诗经年代，在一个路口，有一个你梦见无数次的人，带着一枝桃花经过，然后坐到你怀里来。

翻旧杂志，看到一则小文，题目是《村头懒石》，只一段文字："你把它看成什么，就是什么，你把它想成什么，就是什么，你把它梦成什么，就是什么，而你偏偏不能将它说成了什么，就是什么。"

说实话，可能愚钝，一开始我还不太懂作者"偏偏"之话的意思，"看""想""梦"它是什么，就可以是什么，为什么"说"则不行？然后几秒钟后就明白了，那石是石吗？不，也许它是一个梦。那石是硬的吗？不，也许它是一团软。

我很喜欢"懒石"这个说法。就像我的表达方式，形容我心里的柔软，我会说看到的石头都是软的。而这个"懒"字于石头而言，多好，多有禅意。任你说它"好吃懒做""不务正业"，它也"懒"得理你。它就在那里，在村头、山上或溪边，听风淋雨看雪。

石头是自然最古老的见证者吗？自盘古始，它们就看风云变幻，看四季流转。也许因为活得足够老了，所以才"懒"得理世事，它看惯了名利之争、疾苦之痛、盛衰之道。所以，做一块懒石未尝不好。

并非逃避什么，也并非无情，更并非无作为，只是对某些不必要的蝇头小利懒一点，对争强好胜懒一点，甚至对大千世界、朝代更替、时间蛮荒懒一点。

总觉得，做一块这样的懒石，好似回到了诗经年代，在一个路口，有一个你梦见无数次的人，带着一枝桃花经过，然后坐到你怀里来。🌸

# | 刀在锈蚀 |

匆匆走在路上，我会在一丛花影下逗留片刻，享受清风，享受短暂的清闲。写字时，我会觉得我在那一笔一画里，以一个诗人的模样行走，我会第一个遇见春天。

多年前有一段时间，我很喜欢这样表达内心的一种孤独：刀在锈蚀，窗口在飘雪，信纸空着。是一种沉静的孤独，身处死寂之地，没有咆哮，没有挣扎，往下沉。

回想起来，还是很后怕的。这是一种极强的孤独。

我骨子里，是个乐观之人，流着点浪漫的血，所以我才走出来了。有时听到身边人说起得自闭症的人，我会心里一揪，呼吸艰涩。

人都有自醒的力量的，只是有的人不愿醒来。所以我一直看重内在的丰盈，这是一个漫长的过程，急不得，需沉淀下来。

一直喜欢跑步，曾对人说起，我迷上了跑步，是真的痴迷、痴狂，不可自拔。听的人并不理解，反而满脸疑问。他是想，跑步是锻炼身体，如果有一个非常好的身体，或者有一种药，能让人长生不老，身体健康，谁还愿意跑步呢？

错！跑步是锻炼身体的一种方式，更是超拔内在的一个途径。跑的过程中，不但身体得以舒展，心灵也得以放松。

再比如爬山。不过是一座小山，我可以三番五次地去，身边人自然不理解。其实那小山真的再普通、平常不过了。距我住之处不远，山无奇草无异花，也无山泉飞瀑，不过松树杂草。但对我而言，却能从中寻得许多乐趣。

比如每次都在小山里乱走，走到迷路，每次都会有新发现。比如常会惊喜地发现哪里又多了一丛迎春花，哪个半坡上又发现几棵野山桃花正悠然地开。再比如捡到一个小山雀窝，插几丛野花，一个人于树林里玩了半天。

还有看书、散步、写作，对我来说，这种种生活中小乐趣之事，做在平平常常的岁月里，却都是我向内丰盈的过程。

看到一张多年前泛黄的空信笺，我会在纸上行八千里路似的，把光阴写好的一封信，亲自送到一个人手中，回来时再于窗前端量空信笺，会恍惚觉得，有一朵云，掉在上面。

匆匆走在路上，我会在一丛花影下逗留片刻，享受清风，享受短暂的清闲。写字时，我会觉得我在那一笔一画里，以一个诗人的模样行走，我会第一个遇见春天。

如此，刀在锈蚀，可我心里的花在开，抹上花香，刀刃顿开。

切一盘小葱拌豆腐，清清爽爽；窗口在飘雪，原是好雪片片落在我窗前，何尝不是远道而来的诗句；信纸空着就空着，若想寄，只需将心中的花籽附上，那个人也好，光阴也罢，收到时，一打开，无字，却看到信封里有花在开，一样美，知我心意。

# 越过越厚

这"薄"是减法，减掉那些多余的枝节，活得更本真更本色为好。

　　得一本厚厚的日历，精致如一本书。不舍得在上面写一字，不想记录什么，就那么干干净净地放在一边书架上。

　　时常会拿过来翻翻，拿在手上，有重量，沉甸甸的。好似拿着一年的光阴。上面有桃花流水，有溪响鸟鸣，有二十四桥明月，有风雪夜归人。

　　小时家里的日历是那种粗糙纸张的，名曰：月份牌。每天撕走一页，父母一直喜欢这种。即使现在，也会买来用。去年，妈妈高兴地说，终于买到了。因为现在不太好买，没人生产了，也是因为没人用了。那种月份牌，挂在墙上，过一日，撕一日，撕到越来越薄，也就把一年撕没了。

在孩童时代，是盼着撕到最后一页的，那就意味着再过不了多久，就会有好东西吃，有新衣穿，有鞭炮放，有快乐的假期过。甚至有过天真的想法，想把春节前那几天的日历，偷偷撕掉，这样年就来了。如今却觉得残酷。

前几日，写过一篇《越活越薄》的小文，我觉得，人最终应该是，越活越薄的。这"薄"是减法，减掉那些多余的枝节，活得更本真更本色为好。但对光阴，却不舍得这样越活越薄。曾为此也伤感过，但今日深思、发呆良久时，却又想，若一个人把自己越活越薄了，其实恰恰是将光阴活得越来越厚了。

因为减去不必要的应酬，我会有更多时间写作，看望父母；减去那些俗世里的纷争，我会得到更自在的时光相伴。这一切就是一种"厚"的过程啊。

岁月渐深，人总是喜欢回望。若这一眼里，来路无悔，少些愧疚，才会走得更从容自在了。所以，要把手头的光阴，越过越厚。🌹

# |林散之|

有的说作者意思是笑话书法者笔法轻浮，没有仿古没有成今。也有人理解为，诗里说的是书法痴人，且书法独特，不同于古今，既邋遢又圆润，世人无法理解，看似可笑，实乃是无人能赏的悲哀。

泡了菊花茶，于窗前赏雪品茗，附庸风雅一番，也不过是休息片刻。手边正放着一本旧时的摘录本，密密麻麻地摘抄了很多文字。

简单的本，封面一"诗"字，外加几行草书，应该是"林散之"之诗作。本子有十几年的历史了吧，却从未好好端详上面那几行字。边品茗边细细看，写的是：书法谁人似墨猪，垢衣赤脚一村夫。横撑竖曳芦麻样，不古不今笑煞余。

第一感觉是林散之戏谑自己之言吧，但还是好奇地查了一下。

有的说作者意思是笑话书法者笔法轻浮，没有仿古没有成今。也有人理解为，诗里说的是书法痴人，且书法独特，不同于古今，既邋遢又圆润，世人无法理解，看似可笑，实乃是无人能赏的悲哀。

随后也看了林散之的一些资料，生于清光绪二十四年（1898年），历民国，走到了当代，晚年出名，属大器晚成典型。

评价说，数十年寒灯苦学，滋养了其书之气、韵、意、趣，使之能上达超凡的极高境界，赵朴初、启功等称之诗、书、画"当代三绝"，被誉为"草圣"，林散之草书被称之为"林体"。

因为时间有限，看的并不多。记忆深刻的，一是其晚年作山水图《不烦车马上寒山》，不禁为之动容，好一个"不烦"啊，可见林散之大"不凡"；二是临终前曾作的几幅画，其中送于友人的，是其勉力画的一张《多少山林事，依稀记不真》小画，不禁惆怅，多少往事"依稀"中啊。

最后也不禁在林散之的几幅草书作品中出神，人活一世，何尝不可"散之"，行走何尝不可"草书"洒然几分。

# ｜披雪｜

走了三个多小时，只为了披一身雪，心中是开满了一整个春天的。

中午去吃了水饺，然后出发去里口山。是突发的心愿，想冒雪行路，以至于穿戴都没有细作考虑。七八公里或者十公里的行程，就可以到杏花疃。

我本是计划明日深山访雪的，空山无人，只有雪与我相对，心思清明，若存心求之愿，因了虔诚，则可被眷顾吧。又担心明日无雪，无雪同路，则少了多少乐趣啊。

这七八公里，披一身雪，走得并不轻松。有时需避车，踏雪水路，有时需深一脚浅一脚，运动鞋很快进了雪，化成了水。雪还是没法让一个城市真正静下来。只等终于走进了通向山里的那条路，才不见了车，一路走得欢喜。

看到家家户户门口的老杏树，我便忘了所有的寒，只觉得心里一刹那就暖了起来。一家一户守着一棵杏树过一生，且是在避世的山里，该是多么幸福的事。

我无数次向往过这样的生活，每次在窗前发呆，总会生身不由己的无奈与无助。但幸好的是，我心里有这样的小村。比如披雪前往，心下小小的一次喜悦，就在心里长出一棵杏苗来。

每年四五月份还挺热闹的小村，这时无游人一个，偶尔见的便是村中门前扫雪的老人。很多家门前小园子里的雪铺了厚厚的一层，无人扫，知道是无人住。

我若有一间该多好，这样的天气，只做一件事，就是门前扫雪。走了三个多小时，只为了披一身雪，心中是开满了一整个春天的。

# |你绊了自己一脚|

我只想看到美好，美好在我心里也成了力量。

写了一首小诗《在一个诗人的脚印里》：

我想和你住在露水里 / 或是在深山深雪不见烟里 / 安家于一个诗人留下的脚印里 / 我想世界那么大 / 而我的愿又这么小 / 总能实现的 // 世人会痴笑 / 那个不笑的人 / 正在露水里裁月色做衣 / 在一个诗人的脚印里 / 诗火做汤 / 和我种春天。

其实要发出来的时候，我还是犹豫了一下，因为我浪漫的想法太多，总难免给人缥缈之感，没有烟火气息。

当然我并不在意，就像我曾对一个朋友说的，如果烟火就是尘世一切的，包括碌碌的生活、无休止的纷争以及金钱、名利、欲望、贪念混成的味道，我也确确实实地想抛开这一身味道，躲到诗里去，永远不想出来。实际上，哪怕只在心里浪漫一下，也是开心的。

有读者随后就问："你是怎样做到让自己住在那么多的风花雪月里？"我从没去想过这样的问题，对我来说，是自自然然的事，说起来其实并没什么，只是越活越简单，过减法人生，减掉那些纷杂、迷乱，等等，或许剩下的只是自己最喜欢的一部分。

我回复后她又说：其实，人在经历太多故事以后都想过减法生活，可是不是预想的结果。心中还是会有杂念。静不下心，心上还是尘。

在我的回复里，原本还有一句，"去掉尘世的尘，俗世的俗"，又觉得太过虚，就没说。我知道，心上有尘，打扫不容易，确实如此。可是，有时有人，真能在某一刻，刹那顿悟，放开，放空，放下。当放下了，尘就不尘了。

但这不是问题的答案，我想了想，回说：你看到什么并不重要，重要的是你想看到什么。你看到世间的恶，你不会认为这个世界就一定都是恶人，因为你想看到善，所以你会做善良人行善良事。

我只想看到美好，美好在我心里也成了力量。我只想活得简单，我减掉了很多枝枝节节，所以我的注意力全在某一方面上，不会去关注别的。而最终，很多时候，不是杂念扰了你心，不是尘俗遮了你眼，而是你绊了自己一脚。

# | 磬折作揖 |

这敬意，比十万句好话都好，比十万件华服都美。
所以，每每看到古装电视剧或电影，都会为那庄重的
一个作揖礼而心动。

越来越容易感动，为当下人对一件汉服的痴爱，为屏幕上一次
一次的作揖礼。

这些天，偶尔看看电视剧《琅琊榜之风起长林》，除了感动于
剧中的"情义"，更感动于整部剧中达上万次各种场合的作揖礼。

资料中说作揖的动作是，两手抱掌前推，身子磬折（30度、45
度不等），表示向人敬礼。虽然只是一个动作，却让我感动于这动
作之中的美德。因为有敬意，这个动作，就不仅仅是个动作，它是
一个人的姿态，是一个人的涵养。

剧中臣子对君王，或子对父，这是必需之礼，平辈间每每相见，

或只是逢面迎上，皆罄折作揖，无不让人动容。

即使两个人是对手，明争暗斗，但迎面也是缺不了作揖，虽然只是表面文章，但因礼成习惯，或者礼已根植于心，不论对方是谁，都应以礼相待。或两个匆匆赶路的人，有再急办之事，也会立刻停下，动作优雅，相互作揖。

还有顽劣性情的人，也是不忘礼仪；幼子在一边，大人间相互作揖，孩童皆看在眼里。也是因礼仪，剧中总有几分从容的氛围，惹人向往。因礼仪，人与人之间，自然多了平和之气。虽然宫廷之争，触目惊心，但因这一礼，还是觉得古时之好。

我喜欢那些有敬重心的人。对人，对事，对万物，都有一份敬意在。这敬意，比十万句好话都好，比十万件华服都美。所以，每每看到古装电视剧或电影，都会为那庄重的一个作揖礼而心动。这敬意，自然是一个人内在的素养，是礼仪之举。

中国素有"礼仪之邦"之称，在古代，"礼"在社会之中无时不在，出行有礼，坐卧有礼，宴饮有礼，婚丧有礼，寿诞有礼，祭祀有礼，征战有礼，等等。

细细查阅资料，每一种礼，都极其讲究，在当时社会几乎人人遵从。

由此，一个愿意对人罄折作揖的人，该是多么珍贵。也许只是弯一下腰，以示礼仪；或者又仅仅是一个非常暖心的微笑，举止端然，不急不躁，愿意倾听，善于理解，乐于沟通，我想，这都是作揖之美。是从心底磬折，从心底作揖。

我也相信，一个对人，对万物，对世界，怀有磬折作揖之礼的人，也必定会受人尊敬，得万物得世界眷顾。🍃

# 不需要 "文明" 的雪

> 雪落深山，化了，看到的是一个春天，是漫山
> 春色。而雪落在城市里，化了，看到的却是泥泞、污浊。

夜十时半多开始下细雪，探头天窗外，听雪落得簌簌响，好听。

曾和朋友无意中说起天南海北的雪，除了美，还提到一点不堪：雪化了，一片狼藉，啥底色都露出来。而且一场雪，对一个城市来说，要花好多钱来收拾这狼藉。我年纪尚轻时，从没想过，我脚下走的路，我眼里看到的雪，都需要花钱。所以，我现在会天真地想，雪下在山里最好，既是山的财富，化后又不见狼藉。真正的雪该是原始的。

城市里，是因为人类所谓的文明，在一场雪化之后才有了不堪的狼藉。雪落深山，化了，看到的是一个春天，是漫山春色。而雪落在城市里，化了，看到的却是泥泞、污浊。

　　人类的发展确实需要文明，可是这在当下多是一种口号罢了。所谓的"文明"，不过是越来越先进，不论科学，还是生活，都在飞速发展。所谓的"文明"，只是区别于远古时代的野蛮，除此，我看不到更美的诠释。

　　文明是什么？概念太大，我觉得，它不过是一颗种子，种在每一个人的心里，这颗种子需要外界的大自然，也需要自己内在的自然环境，需要人类社会中源远流长的真、善、美等来浇灌、培育。

　　多想当下的"文明"速度慢一点；多想一条小径落着草籽，铺着雪，一片白茫茫的；多想纷飞的大雪，将人围在一间间屋里，不用奔波在路上，只劈柴生火，围炉清话。

# |花开的新闻|

我愿给自己的人生开辟出这样一个版面，对世界保有自我的天真与好奇，对世俗保有自我的认知与距离，关注人世间那细小的美与好，关注自然草木，关注心灵之境。

每年一到二月，就觉得，山朗润起来，有泉隐在树根下，潺潺而流；风也缓缓地暖了起来，有醒了的泥土气息。

其实哪有那么早，春天还在路上。

但心里却明明被几声清绿的鸟叫声，叫开了一枝早春的杏花；有老农扛锄进山，打理满园的桃。春天的新闻，早在心头播了又播。

今天正好看到一则喜悦事。一个摄影师在杭州曲院风荷公园拍的照片，一位老夫妇在九曲桥上赏荷花，弯身细嗅，一中年男子举伞于老夫妇身后，大概是其儿子。

很让人动容的一个画面。

有文字说明如下：杭州人四时皆到湖边赏花，本地民生新闻也会报道时令花信作为服务的一部分，每年提醒市民最早的樱花、桃花、荷花、桂花、梅花开放的消息。

一个关心花开的城市，一个会为花做新闻的城市，该是多么温慈与美好啊。

记得前年，我曾在当地晚报上看到一个版面头题是介绍千里之外的青秀山十二万株桃花开放的消息，我坐在那里，一字一句地读着那新闻，读着读着，好似身体里也一朵一朵地开着花。

读完后，就那样坐着发呆，热泪盈眶。那也是一个二月，我的城市，北方的城，虽尚未有花开，但这个小小的城，至少在我心里，开出了一枝。

这个世界太大了，我们关心的东西太多了。金钱、名利、爱恨、纠葛、生死，世俗种种，细细想，哪一样不关心？关心并非不对，只是大多数人过于关心，关心到纠缠不清。如此一来，我们的肉身也好，我们的灵魂也罢，都难免浸染其中，渐渐失去自我。那些失去自我的人，从来看不到自己的面目。

人一生，该有这样一个"版面"，或者是时不时的静处时光，或者是内在某些喜悦的执念。这样的版面上，应该有春风的消息，应该有花开的新闻。

　　我愿给自己的人生开辟出这样一个版面，对世界保有自我的天真与好奇，对世俗保有自我的认知与距离，关注人世间那细小的美与好，关注自然草木，关注心灵之境。

　　记得某日在一个熙熙攘攘的街口，看路人行色匆匆，略一停步，我微笑地穿过。身边初春的风，渐渐暖了，不知从我身边经过的人，是否感觉到？远山的花，大概正在枝头上结苞，不知他们是否想去看看？

　　经过小区楼下几株美人梅时，我向它们打招呼，然后推门回家。我知道，我心的版面上，早有了远山的花新闻。我也知道，我嘴角扬起的笑里，也就有了花香。

　　我更知道，我把门外煎煮的人海，画了一条航线，提裙的白玉兰，和手挽手的春芽色，搭乘早春的渡轮，驶过人潮人海。🌹

# | 立春雪 |

很快，草木会摇落我两鬓白雪，我要披衣，陪你门外红妆扫雪。你知道，立春，我依旧会打开城门，我们一起等待春天的花朵来。

今日立春。雪。纷纷扬扬的立春雪，在窗外飞扬。是一封封信，寄给泥土里的种子，寄给花枝，寄给每一个春天般的人。

这大瓣大瓣的雪纷纷扬扬，也是我以前写过的，那是把节气的心事，落满大地。很快，草木会摇落我两鬓白雪，我要披衣，陪你门外红妆扫雪。你知道，立春，我依旧会打开城门，我们一起等待春天的花朵来。

看到隐居终南山的祥子在微博里说：翻到 2013 年初到终南时的旧照，感慨万千。那一年，初居山林，满心欢喜，不知愁滋味。如今，对山林的深情依旧，却会在偶然间多了几分说不清道不明的惆怅……

岁月过，时光移，而我，终究，不再是少年。

当初无意中关注她，是因为她小小的年纪，竟然隐居于钟南山，确实也想看看她能坚持多久。我知道她隐居的点滴，知道清贫时光里的诸多不易，特别是独对深山绿、深山雪的内心孤独。

很少在网络上说话与留言，还是禁不住想对她说点什么，于是留了一条：差不多初居山林时我开始关注祥子，山林深居，深情自在，个人滋味，会老了一颗少年心吗？不，纵使光阴有多少惆怅安排，仍然要眼睛明媚，内在明净。

立春雪，少年在。

就那么漫天飞舞，立春的雪，多了欢快。我下楼，去收信。发上一封，衣领上一封，眉上一封，掌心一封。这样，春天来时，我发梢上会挂着明净的春风，衣领上飘着初春第一缕花香，眉间染着纯净的花色，掌心安放着一整个春天。

去到小亭，四下无车无人，就那么安静地看雪。那么安静地看，四下无车无人。世事也在眼前明净了几分，内心温暖而坚贞，从此更加不在意这世间多少纷扰。想起电影《无问西东》里黑板上那四个字"静坐听雨"，既然雨声大过讲课声，不如坐下，静心而听。即使那样的战火年代，仍不改初心。我会为这样的内在而感动。我知道，一个人的内心，有多重要。

　　我的内心，也有立春日。即使在大雪纷飞的人生节气里，我知道一瓣雪一封信，收到的人，收到的是春天的邀请函。

　　记得前些日子那场铺天盖地的大雪过后，朋友曾问起，这么冷的天，怎么穿那么少呢？我回说："我是少年，出走了多年，刚回嘛。"

　　立春雪，少年心。🌸

# 让精神明亮的诗

四季的诗，自然的诗，育心的诗，趣味的诗，
他尽其所能，让孩子们在粗糙的生活里，活出明亮的
诗意来。

　　乡村教师梁俊和山里孩子们演绎的清代袁枚那首《苔》，在央
视《经典咏流传》舞台上一下子唱响了，唱湿了眼，唱暖了心。

　　白日不到处，青春恰自来。

　　苔花如米小，也学牡丹开。

　　小诗简洁，喻义简单，若初读，便也就匆匆读了。若深深体会，
却一定有着振奋人心的力量。梁俊去贵州山区支教，日子可谓清苦，
但他甘于清苦，却又从这清苦里，让山里孩子的心里充满芬芳。

　　那里条件恶劣，孩子们的生活简直没法与城里孩子的比，他曾

想要带给孩子们什么呢？于是，他想到了诗。他想用诗，给孩子们带来内心的明亮。他教孩子们读诗、唱诗。每周一首，他精挑细选适合孩子们的诗歌。

四季的诗，自然的诗，育心的诗，趣味的诗，他尽其所能，让孩子们在粗糙的生活里，活出明亮的诗意来。就像小小的苔花，不起眼，不被人知，但它依然会开花。美好的心是这个世界上最温暖的土壤，爱是活水。

听着孩子们的唱诗声响彻了整个山谷，在教室，在操场，在后山，你无法不被感动。这些歌声，简单而深情，清澈如天籁，让乌蒙蒙的乌蒙山也明亮了起来。

梁俊老师带着孩子们在舞台上唱完这首歌时，早已哭红眼的鉴赏人曾宝仪说她要上台去抱抱这群孩子，因为她太喜欢了。她奔向舞台上，张开怀抱，一个劲地说："全部过来全部过来，快点快点……"

那一刻，在被梁老师的歌声深深地震撼着的时候，曾宝仪这一声"全部过来"，这一声"快点"，让人为之动容。

那个怀抱，好大，大得像海洋，大得像天空。那么温暖，那么美丽。

孩子们像一首首诗一样，在这样的天空里，明亮着，也在自己的精神世界里明亮着。🌹